詛咒是永恆的……

この呪いは永遠である……

魔術師們的繼承者

翁敏貴
EMO

前言

中世紀前，在各個國家盛行著一種神祕的術法，它是被稱作「魔術」的超自然能力，也正是尋常人們所追求的強大能力，所以這些魔術師們常被權貴們供養保護著。直到一百五十年後發生了大審判，這些僅存的遺族們只能選擇隱姓埋名過著低調的日子，默默的在世界各地撒播種子並選擇繼承自己遺志的人選，然後永無止盡的戰鬥著……

contents

01 夜訪

九月初的早晨，剛放完暑假的學生們正群聚一堂聊天，似乎是對那兩個月的假期充滿了回憶，大家興奮的交換著這期間的趣事和經歷，像是不想面對升上高中三年級後所要面對的聯考壓力般，盡情的享受當下。

突然，班長的眼角餘光發現了老師的身影，她趕緊輕聲地喊著大家安靜、安靜，老師來了。一瞬間大家很有默氣般的結束自己的話題，該回座位的回座位，該閉上嘴巴的閉上嘴巴，不該出現的其它讀物都迅速的消失在桌面上，等著玻璃窗外的那位短髮女老師繞進正門來。

「起立！」嘹亮的聲音在這肅靜的教室裡更加讓人為之一振。

但是大部分人的目光卻不在講桌旁的老師身上，而是門外一位男學生。不用大家多想也大概猜得到是轉學生，那原因便是他身上的校服與眾不同的關係。

「敬禮！老師好！」大家齊聲一喊，反而讓門外的男學生有些不自在。

「大家請坐。」女老師揮手示意著大家坐下，然後臉龐緩緩轉了過去看著門外男同學說：「在上課之前，首先，老師要介紹一位新同學給大家認識一下……玉桂同學請進。」

01 夜訪

玉桂點了點頭，然後吞了口口水，像是在緩和一下自己的情緒般。他走到老師的面前向她敬個禮，隨後面向同學，很熟練的對著大家自我介紹，似乎是很習慣這種陌生的場合、陌生的老師、陌生的同學。

「大家好，我叫玉桂。玉是玉珮的玉……」玉桂舉起右手食指在空氣劃了劃，接著說，「桂是桂圓的桂，原本在大城市裡的私立高中讀書，因為父親又被裁員的關係，所以我也跟著轉學……」

對於眼前的男孩竟然可以把自己家中這麼難以啟齒的事，講的那麼自然不害臊，讓底下的同學開始議論紛紛，但老師很快就跳出來打個圓場，「玉桂同學的意思是指家裡有些無法控制變故，所以才轉學過來，同學們就別不要隨便亂猜了……」

「請繼續。」老師看著他說。

「我的興趣可能和班上的同學一樣，就是打電動，然後讀書不太行，這樣。」玉桂從容簡便的講完很俗套的介紹，有種像是隨便應付般，又好像反正沒多久有可能又要離開這裡似的。

「底下的同學有沒有想要瞭解玉桂同學的呢？」老師像是補充介紹時間長度而說著。

大家你看我我看你，靜默許久後，一位金髮、俊俏約一百七十五公分的男同學舉起手來。

「比利同學有事要問嗎？不過還是算了吧……」老師原本很期待有人可以打破這個窘境，結果站起來的人是她最印象極深的人，「比利同學在我們班很會說些不太營養的話，這次搶問大概也不例外吧？」

語畢，全班哄堂大笑了起來。

連老師都對這位外國交換生瞭若指掌，看來師生關係比自己想像的好太多了，玉桂不由得安心許多。

「若是沒其它問題的話，那……玉桂，你先坐章琳同學的旁邊。」女老師指著第一排末的唯一空位，而那座位旁坐著一位黑色長髮的女孩，一手托著腮表現出有些不滿意的表情望著玉桂。

「謝謝老師。」玉桂點點頭，便往座位上走過去。

「好了！各位同學也該收心囉！剛放完暑假緊接著是決定你們未來的聯考……」女老師一邊說著。

玉桂將肩上的書包放在桌上，然後坐了下來。他一邊整理書本和抽屜，一邊聽著老師的訓示勉勵，突然間發現隔壁有雙目光一直放在他身上，令他非常不自在，最後玉桂有些受不了，便假裝整理東西到一半與對方四目相對。

01 夜訪

「啊……妳好，聽老師說妳叫章琳吧？我叫玉桂。請多多指教。」

那位叫章琳的同學只是悶悶的看了看，便把目光移回到講堂上，一聲不響的。

玉桂有些錯愕，不知自己做錯什麼，眼前這女孩有些怪異，竟然連問話答話的禮節都沒有。

一堂課過去了，章琳在鐘響後就消失在校室裡，玉桂只能有些不自在的假裝繼續整理書包和文具，畢竟這裡是個陌生的環境，沒有認識的朋友。

沒多久，有幾位男女同學聚在一塊竊竊私語，不時望向玉桂的位置上。最後，由一位女同學像是代表般的走到玉桂身邊。

「玉桂同學，對吧？希望我沒有把你的名字叫錯。」

「我是，請問有什麼事嗎？」玉桂抬頭如此問道。

「今天是開學的第一天，要不要和我們一起去唱卡拉ＯＫ？」

玉桂看著她後方的那群同學們，大家都一抹微笑的聊天著。

實在是不好意思拒絕他們的邀請，但就算自己不去認識他們，他們也可能自己找上門，最後就算熟識許多也有很大的機會又要轉學去……玉桂非常矛盾自己要不要敞開心胸認識他們啊……

「應該沒什麼問題，大概吧？」玉桂想了想，還是這樣回答好了。

「太好了！下課後跟著我們大家一起走吧！」女同學興奮的說完後，便轉身跑向那群人身邊。

此時，一個身影伴隨著淡淡的香味飄過玉桂的身邊然後坐了下來，可想而知應該是那位不愛搭理人的章琳回到座位上。

不曉得隔壁這位女同學會不會一起去唱歌呢？玉桂如此的想著。

✣

最後一節課上完後，許多同學們振臂一揮的說要去哪裡玩，像是暑假仍未完待續般還沒收心。玉桂放慢動作的收拾自己書包，他眼角餘光一邊蒐集著班上同學的面貌，一邊記住大家的名字，反正那群邀約他的同學們都還沒起身離身教室的意思，不過坐在他身旁的章琳卻已經起身準備離開教室。

「妳不去嗎？」玉桂不知道自己那根筋不對，竟然會這麼無厘頭去問著第一天才認識的女孩。

章琳側著身稍微用眼角餘光睥睨著座位上的玉桂，然後什麼也沒說的走出教室。行為依舊冷淡，是自己說錯了些什麼嗎？玉桂如此的想著。

突然，一隻精壯手臂突然勾在玉桂的肩上說：「那女生也是個轉學生，不過比你早一年就是了。可是很不好相處喔，講話愛理不理的，雖然長的是滿可愛的……」

01 夜訪

玉桂轉頭望著對方，那位便是班導所說大名鼎鼎的外國交換學生比利。

「啊！忘記跟你自我介紹，我叫做比利楊，除了她以外，其他人都很好相處的。」比利楊說著流利的文法，真懷疑他是不是外國人，那口音太道地，讓人有種像是在跟本地人對話一樣的流暢感，「我們一起走吧！」

「嗯？」玉桂無法即時反應過來。

「唱歌，唱歌！」比利楊搭著玉桂肩走向前方的人群裡。

✣

玉桂看著手機的時間，現在已經快十二點了，沒想到時間過的那麼快，看著比利楊在跟服務人員結帳，玉桂盤算著自己還能不能趕上最後一班火車，畢竟自己是住在郊區外的鄉下地方，跟這群住在學校附近的同學們不能相比。

「玉桂不好意思，第一天上課就讓你這麼晚回家，家人不會擔心吧？」跟玉桂說話的女同學，是稍早邀約他的慧香，是個很健談的女生，而且還是班長，剛剛在唱歌的時候已經領教過了，尤其是他們還偷喝了點酒……

「沒關係的，與其擔心家人，我比較擔心趕不上末班車了……」玉桂自嘲的說。

「趕不上就睡我家吧！」比利楊把零錢找開，分給各個來唱歌的同學們。

「我趕趕看火車，如果真的搭不上了，我再電話聯絡你，謝了比利楊。」玉桂揹起書包，跟大家道別以後，便小跑步的朝火車站跑了過去。

沿路上已經人煙稀少了，更別說這條道路的路燈壞的更多，鄉鎮機關也沒人來報修，難道這裡不會成為惡人犯案的溫床嗎？在這麼寂靜可怕的路段，總會讓人胡思亂想起來。

就在此時，有個很討厭的感覺迎風而來，玉桂記得以前自己周遭總是會出現這種奇怪的現象，那既不是味覺也不是聽覺，而是超乎人類五感的感知。看著火車站感應票口旁的站務人員竟然在睡大頭覺，更讓玉桂不安起來，因為當下月台裡既沒有任何人，而且一角的照明還非常老舊昏暗，連路都看不太清楚了，更別說會不會有人一不小心就跌入月台下面。

「嗶嗶——」那熟悉的催趕乘客鈴聲響起，讓玉桂心慌了起來，而且該死的是自己手中的感應卡片怎樣都刷不過這機器，像是在針對他一樣。

不會吧？這可惡的機器好死不死的在這裡跟我作對？玉桂如此的想著一會，就趁著站務人員睡著的時機，直接翻越刷卡機，跑向月台去。

「呼……呼……」以為能趕上火車的玉桂，望著遠方微弱的燈光他眼前，然後越來越遠，越來越暗。微微嘆了一口氣的他，找了張生鏽的雙人鐵椅坐了下來，讓自己先喘點氣。

01 夜訪

剛坐下沒多久，玉桂就發現離自己不遠的垃圾埇旁有東西在移動，那東西既不像老鼠也不像蟑螂，比較像是某種含水量很高的物體在移動著。

玉桂本身也沒有那種詭異的好奇心，算是危機意識很強烈的人，他注視著那東西的一舉一動緩緩起身，然後準備拔腿狂奔。

啪噠——

玉桂的腳突然感到一陣冰涼，好像有隻冰冷的手抓住他的腳，不由得讓他只能低頭去面對這莫名的東西……那是一隻從手腕處就斷掉的殘肢正抓住玉桂的腳。

「嗚哇——」玉桂嚇著想跑，卻被無形的力量給拉住，頓時重心不穩的跌在地上。眼前的這隻殘肢竟然出現不科學的反作用力，似乎像是有人在出力般的拉扯，無法讓人置信。受驚嚇的他胡亂踢著，卻怎麼也甩不掉腳上的殘肢，而且不遠處還聽得到窸窸窣窣的聲音，一個物體正在爬行的聲音……

玉桂不知哪來的勇氣，他打開手機的手電筒，然後慢慢地照向那個地方……

「唔！」這一照，玉桂都快吐了出來，這簡直是個兇案地點，自己竟然碰上了變態分屍狂的殺人現場。沿著燈光照射著周遭四分五裂的殘肢和內臟，卻不見被害者的頭部，讓玉桂更加忐忑不安。

「喂！你壓到我的頭了！」突然一個女性的聲音從他背後傳來，頓時讓玉桂冷汗直流。

快失去理智的玉桂拿起手機，緩緩的照向他背後發出聲音的地方……

「竟然是一顆長髮飄逸的死人頭……」玉桂語無倫次顫抖的說著，而且那眼神像是在瞪著他一樣……

「白痴！你不要一直用燈光照我！」

人頭突然張口說話，那衝擊性讓玉桂瞬間理性崩壞，一直大喊著「怪物、怪物啊！」卻怎麼也逃不開這裡，就算他胡亂踢，這殘肢的主人也不打算放了他。

「白痴！你安靜點行不行？我還沒死好不好！」這聲音終於讓玉桂冷靜下來，他一邊看著腳下的血液像流水般導向那顆人頭那，而一旁的軀塊接合處也出現細小的血管在天空飛舞著，像是在對著斷掉的地方說「我在這、我在這，快來找我。」的模樣，令人無法再繼續想像下去。

沒多久，這四處的殘肢已經默默的移動到玉桂身後的人頭邊，然後像抹上接合劑般的結合起來，比動縫合手術還神奇。這讓玉桂無法置信的張口望著，卻無力再反抗。

直到那女孩赤裸裸站在玉桂眼前扭動的脖子，才將他拉回現實般的繼續喊叫：「怪物啊！快、快來人啊！」

「閉嘴！」眼前的女孩如此罵道：「快把你的上衣脫了！」

01 夜訪

「蛤？」玉桂頓時傻眼起來。

「快點啊！不然你要看我的裸體到什麼時候？」

意會到男女身體構造的不同，玉桂趕緊用顫抖的雙手解開自己制服的鈕扣，因為緊張而覺得今天的扣子怎麼會突然那麼難解開，這讓眼前的女孩更加白眼地瞪著他。

「好了、好了，拿去！」玉桂撇過頭不敢再看著她。

接過制服的女孩沒道謝，就徑自的穿了起來，然後四處打量著這衣服穿到自己身上是否合身，「算你身型還可以，至少我穿起來像是連身裙。」

玉桂不敢回話，只用眼角餘光看著這女孩白色制服下若隱若現的身材，而且就算衣擺再長，也遮不住那雙白皙的美腿和那快曝光的下體，這讓玉桂害怕的瞄向自己的褲子。

「看什麼？」女孩看著眼前的男孩有些不安，不由得望向那男孩目光的地方，他正看著自己褲子發愁。

「這、這褲子不能給妳……」

「你少臭美！誰要你的臭褲子啊！」女孩的聲調有些憤怒上揚。

「……那還好。」玉桂低下頭。

女孩整理一下自己的長髮，然後望著不知嚇傻還是嚇呆的玉桂說：「好險你剛剛才到，不然你也有可能被那傢伙攻擊。」

「那傢伙？是誰？」玉桂頓時提起精神般的抬頭望著她，「不過這不是重點吧？而是妳……妳竟然被切成那麼多塊還可以活起來，根本……根本……」

「有什麼好大驚小怪，因為我是吸血鬼啊。」

「妳……妳是吸血鬼？……不，應該說『章琳』同學，妳說妳是吸血鬼……？是會吸人血然後跳跳跳的那種東西嗎？」玉桂這時候才想起眼前的人如此熟悉，竟然是今天才見過面的同班同學。

「你說的那是中國殭屍吧？別把我當成那種坊間的怪談，我是真真切切存在的物種，只不過不能現身於人類視線中而已。」

玉桂實在搞不清楚什麼才是現實，至少現在看起來像是在做夢般的不切實際，尤其眼前的女孩盡說些不著邊際的話，更讓人無所適從。

「妳說有人攻擊妳？是什麼？像是變態殺人狂的人嗎？」

「變態？人類根本傷不了我。那是魔術師幹的好事。」章琳伸出手到玉桂的面前，像是要拉他起來一樣。

「魔術師？」玉桂遲疑一下，還是伸出手握著章琳。

「就是跟我一樣的『類人類』，外表是人，內在卻是你們口中所說的『怪物』。」

章琳輕輕使力，玉桂便站起了身。

「……等等，有一點很奇怪？妳不是說像你們這種的『類人類』是不該出現在人們的視線中嗎？但妳為什麼又出現在這裡，而且還學習人類上課？這才是問題的癥結點吶！」

「第一個問題，我所說不能現身指的是我們的內在，而外表跟普通人一樣的我們，自然而然可以生存下去。第二，因為我一直在等待某個人選出現，而那個人就是你。」章琳自信滿滿的看著他說。

「蛤？別說那些莫名其妙的話，請跟我說真正的理由啊！」

「要我舉例嗎？」章琳頓起困擾起來，然後將右手食指擺在她的上唇與下唇中間思考著。「你應該不知道才對，只要魔術師接近到他們所選中之人身邊，便會感覺得到，像是品嚐食物一樣，一眼就能看出那東西非常美味可口；反之，被選中之人會對魔術師產生排斥現象，像是食物難以下嚥般難受……」

玉桂對於眼前的女孩用食物來比喻這件事，感到難以接受，想吐嘈卻無力反駁些什麼，搞不好回答的讓對方不滿意就要被吃的連骨頭都不剩，畢竟自己是對他們而言的美食。

「那妳想對我怎樣……？」玉桂鼓起勇氣的問。

「很簡單。」章琳一本正經的回答，「繼承我的所有，你便知道這世界的真相……」

那話語未畢，玉桂睜大眼的望著對方，像是更加不解地的表情。

✣

微風吹過月台上那盞貧弱的鎢絲燈泡，搖晃的發出生鏽般的嘎嘎聲響，兩人就這樣站著一言不發，像是在等誰先開口的比賽一樣。玉桂實在無法理解眼前這位同班同學所說的繼承本意為何，但是章琳也一副不想多說多解釋什麼，就好像要一個正常人去接受這種不正常的事，非常詭異。

「我想，至少妳也先解釋一下來龍去脈，我才可以做出判斷吧？」玉桂露出投降般的表情說著。

「白痴嗎？就字面上的意思啊！」章琳有些不耐煩的回答，「就問你要不要成為吸血鬼，如此。」

「蛤？我為什麼要莫名其妙的變成那種生物？」

「生物？怎樣……你覺得我是怪物、怪胎之類的東西嗎？」章琳眼神變的有些銳利起來，似乎是對玉桂的回答有些不滿意。

「今天我看到了一個被變態殺人狂分屍的女孩，結果又撞上了那女孩在我眼前活了過來……然後又說些我完全聽不懂的話，拒絕是很正常的反應吧？」

章琳眼珠子瞬間發紅了起來，她身上像是大量流汗般的分泌紅色液體，然後舉起右手往外一甩，身上的紅色液體就順勢成了一把鋒利的刀刃，右手輕輕一擺，那刀尖剛好對準玉桂的脖子上。

「章、章琳……妳冷靜一點……」

「我只想聽到兩種答案，要或不要。」章琳狠狠的瞪著他。

迫於無奈的玉桂，只好勉為其難的回答：「……好。」

章琳深吸了一口氣，然後放下刀刃，表情依舊冷冷說：「早該如此，浪費我一堆時間。」

看著章琳慢慢挨近自己身邊，玉桂的汗毛瞬間都立了起來，至少他知道西洋鬼片的吸血鬼是怎樣了結一個人的生命，此時此景的他是否也會印證電影內容毫無造假，這在玉桂腦海中不斷回想著。

「……剝奪我身，剝奪我命，以血之證……」章琳閉上眼睛不斷像是唸咒般，許久，她睜開眼睛用食指與中指壓在玉桂的右肩靠近脖子的地方，然後玉桂瞬間發現自己身上所有的血管都透明的顯現在皮膚上，怪噁心的。

此時章琳立刻抱住玉桂，她身上的紅色液體像是和玉桂融合一體般，可以讓章琳隨心所欲接收並在他身上四處游走滑動著。章琳像是感受到什麼似的，滑動般的繞到玉桂身後，然後張口咬住他脖子下後方有著一塊胎記的地方。

「唔哇！慘了慘了！要變吸血鬼了啊！」玉桂語無倫次的大聲呼叫著。

但是時間一分一秒的過去，玉桂也沒有感覺身體有哪些異狀，只覺得疼痛和漸漸的麻木感出現，如果說有什麼特別的話，大概是可以感覺得到章琳的心跳和體溫，因為她如此近距離的貼近自己身上。

「請問我……我可以動一下脖子嗎？有一點，有點痠……」玉桂不敢輕舉妄動的問著。

「……」

「喂……妳有聽到我說的嗎？我說……」

「為什麼沒效？」

章琳像發瘋似的推開玉桂，然後舉起右手腕擦拭著唇上的唾液，狠狠的說：「你騙我！你根本沒有打算繼承的意志啊！」

「妳冷靜一下、冷靜、冷靜……」玉桂伸出雙手擋在他們之間，「妳突然拿刀指著我，我當然只有答應這種選擇不是嗎？」

「唔……」章琳按著頭，像是有點困擾般，然後像是用鼻息發出著微弱聲音，「難

01 夜訪

道芭芭拉老師所教的行不通了嗎？……不對，應該是我哪裡出了點錯誤……」

看著章琳自言自語帶著自責的模樣，玉桂有些同情她的表情說：「失敗了也沒關係吧？至少我們還有很多時間去了解妳所說的『繼承』吧？」

「時間……？」章琳像是頓悟的抬起頭，「對，我還有時間，我怎麼沒想到這一點呢……」

望著章琳想通的模樣，玉桂對自己胡亂安慰人的話語感到有些自豪，不由得沾沾自喜起來。

「總之先冷靜下來，我們可以找時間坐下來好好談談，不需要這樣動刀動槍的。」

玉桂上前拍拍章琳的肩膀。

只見章琳默默的伸出手壓在玉桂的手背上，然後用力的反折過去——

「唔哇——痛、很痛……」玉桂痛到跪在地上，看著自己的手腕彎曲到一種常人無法想像的角度。

「謝謝你提醒我，所以我決定二十四小時在你身邊監督你，直到繼承生效為止，所以我們今天開始就同居吧！」章琳不懷好意的眼神睥睨著他。

「開玩笑的吧？我爸不會同意的！」

「那可不一定呦。」章琳的一抹微笑充滿了對世界的敵意。

02 雙面

我回想起小時候的往事，朧馬是我父親的名字，他在我還小的時候，就時常換工作也常到處搬家，不知道為了什麼，雖然他總說是因為房租太高、老闆太摳、薪水太低、同事機車，但我老是覺得父親有他自己的安排一樣，所以我從來不曾過問，至少我還是很尊敬他的，所以只要他提到換工作然後搬家的要求，我從來沒有怨言和反抗。

因為我知道那都是無可奈何的結果，對他或對我而言都是。而且他也沒有任何自暴自棄的行為出現，一切都很正常，到新的環境學習，認識大家，然後相處融洽，最後又離開，周而復始般的生活著……

就在此時玉桂的思緒告了一段落。

「喂，我家到了。」玉桂聳聳肩試圖搖醒睡在他肩膀上的章琳，而他身上僅剩下無袖的吸汗襯衫，和那藍色方格子的四角褲。

玉桂見章琳睡死在他的肩膀上，小聲的抱怨著：「好處都給妳佔盡了……要我揹妳，從那麼遠的地方走回家，還把我的褲子也拿走了，好險午夜沒什麼人，不然真的會被人當成變態狂來看待。」

02 雙面

玉桂抬頭望著朧馬老爸這次到鄉下所租的兩層樓木造透天，已經許久沒有住到這種便宜又寬敞的房子，這在都市裡可是住不起的。看著二樓的燈已經熄滅了，也代表老爸已經睡了，至少不用這時候找理由來解釋今天為什麼這麼晚才回家，雖然下課後有傳訊息給他，說要跟今天認識的同學去唱歌，但卻沒有說會弄到這麼晚。應該說，中途這場意外把回家的時間又往後推延許久，而且還揹了個女孩回來……

✣

「喀嚓！」鑰匙孔發出的解鎖聲還真不小，玉桂就算再如何輕巧操作也無法避免弄出噪音。

當走進玄關口正在置放腳上的鞋子時，客廳的門打了開來，裡面的燈光也透了出來，一個魁梧的平頭男人撥開布簾探了頭出來，是玉桂他父親。

啪噠——突然玄關的燈亮了起來。

「玉桂！你知道現在幾，幾……」朧馬看到他背後揹了個女孩回來，頓時啞口無言，就連本來要罵人的話都被驚的給吞了回去。

沒想到自己的父親竟然到現在都還沒睡，這讓玉桂實在沒顏面跟他開口說些什麼，至少以站在父親的立場來講，那是種關愛。

「老爸……我……」玉桂找不到任何話來辯解現下這種狀況，至少這對他們父子倆都是第一次，「我明天再跟你解釋！」玉桂想要逃避現實，直奔二樓臥室的樓梯過去。

「你這臭小子給我站住！」

玉桂被朧馬這麼一吼，頓間暫停所有動作，不敢亂動。這並不是玉桂懼怕他所發出的舉動，而是他們父子倆如同好朋友般知心，朧馬從不會責難玉桂的所作所為，他會用他的方式來分析玉桂所犯下的錯誤，從不會縱容偏坦，過分責難批評。

「……不會鬧出人命了吧？」這其實才是朧馬最擔心的事情。

「我們才不是這種關係啦！就同班同學……不是很熟的那種……隨便啦！我要上樓了。」

玉桂瞭解，此刻如何詭辯都得不到理解的，不如什麼都不必說，船到橋頭自然直，反正章琳說要同居已經是既定的事實，而且她還威脅玉桂說不可將她是吸血鬼的事情公諸於世，也不能拒絕她任何請求，不然就會讓玉桂成為「人肉乾」。多麼恐怖的威嚇誰敢不遵從？至少清楚知道只要自己配合就能相安無事，沒必要去逞什麼英雄主義。

看著玉桂身上的制服都在女孩的身上，作為一位不算稱職的父親也只能嘆了口氣說：「時代不同了、時代真的不同了……」

02 雙面

✣

玉桂真想狠狠把章琳丟到自己的床上，但是又怕把她吵醒，變成自己遭殃而作罷了。玉桂坐在床邊緣，然後解開纏在脖子上那雙玉手，就順勢著讓章琳躺在床上，拿起床頭的棉被就這麼隨便地蓋了上去。

「呼……」玉桂坐在床沿邊揉著頭，極盡困擾的揉來揉去，像是無法相信今天遇到了什麼事啊，轉學第一天而已……

不過，就算苦惱也不能改變事實。玉桂索性從衣廚裡拿出換洗衣物走向浴室，想在悶熱的夏末裡洗個冷水澡提神一下。許久，玉桂從浴室走了出來，全身換了簡便家居服，手裡正拿著毛巾擦著頭髮，原以為那傢伙會被吵醒，然後知趣的離開這裡，沒想到像隻冬眠的熊一樣，一動也不動就連翻身都沒有，一樣維持玉桂之前將她放在床上的姿勢。

忍受不了睏意的玉桂，隨手拿了書包充當枕頭在地板準備就寢，睡前他還抬頭望了一下床上的動靜，這一望反而讓玉桂瞬間失神了，因為章琳也張開眼睛紅著眼球與他對視……

當玉桂等到知覺恢復以後，便聽到浴室傳來盥洗聲，似乎是有人在他浴室洗澡，但是疲憊的他並沒有思考太多，只想再多睡一會……等到他腦袋可以思考運轉的時候，玉桂瞬間從地面彈了起來，拿起手機確認時間，已經早上七點多了。昨天到底發生了什麼事，明明記得和章琳對視了一眼，竟然就這樣睡著了？

玉桂張望著自己的床鋪，棉被凌亂的擺放著，但已經沒人在那裡，那空蕩蕩的浴室彷彿還冒著些許的餘溫，像是有人才剛使用過似的。

「不管了，快遲到了！」玉桂小聲碎唸了幾句，便迅速換了制服拿著書包衝下樓去。

打開客廳門後，看到章琳端正坐的吃著早餐，啜飲著奶茶，而一旁的父親則安靜的看著報紙，然後抬頭看著玉桂。

「你的早餐我也做好了，先坐著一起吃吧。」朧馬目光指示著玉桂先入座再說，顯然是知道他想詢問些什麼。

「那個老爸……章、章琳同學會有一陣子住我們家……」玉桂有些難以啟齒的說，眼角正看著章琳身上穿著他的家居服。

「不用多說了！玉桂你這小子也真是的！要不是章琳小姐跟我坦白一切，我還真不敢相信有女孩是過的那麼坎坷的，你好歹今天也幫人家把行李帶過來啊！不然你們要如何同居呢？」朧馬不分清紅皂白的罵著玉桂，像是被眼前的女孩給洗腦般。

真是可怕啊……玉桂如此的想著卻不能為自己辯解什麼，只能啞巴吃黃蓮的說著：「是……我知道了。」他看了看章琳也吃的差不多了，便強拉著她準備出門去上學。

「臭小子你不吃我準備的早餐啊？」

「不吃了！快遲到了！」玉桂根本沒食慾，而且眼前這位大麻煩一定會興風作浪把他們的事加油添醋吧？

他拉著章琳走出家門，走沒幾步想要質問她時，章琳卻面目猙獰的往排水溝跑了過去，然後開始嘔吐，像是早餐不乾淨似的想把剛剛吃的東西全吐出來。

「喂，妳不要緊吧？」玉桂輕拍她的背部，「我老爸做的早餐是不怎麼好吃，都是那種冷凍食品，但不至於吐成這樣吧……？」

「白痴……吸血鬼根本不能吃人類的食物，你以為我想碰嗎？」章琳伸手擦了擦嘴角，像是虛脫般的表情望著玉桂。

「為什麼？」

「沒有為什麼，這就是宿命，也是種詛咒。」

「明知道有這種詛咒，那為什麼還要強迫自己去做這種事？不是在殘害自己嗎？」玉桂非常不解的說。

「因為我想當個普通人啊，像個正常的女孩子一樣，可以吃甜食吃美食，享受這種悠閒的生活日常。算了，反正說這些你不懂……」章琳拋下他自顧自的走了。

「喔。」玉桂也不是很了解眼前的吸血鬼在煩惱些什麼，總之那繼承一事，除非是他人強迫，不然自己壓根不想考慮這件事。「那妳跟我老爸談些什麼？」

章琳一聽臉一沉的繼續走著，一句話也不想搭理玉桂，直到搭上火車她才拉著玉桂走到角落遠離人群。

「你爸……是個很厲害的人哪。」章琳發出非常細小的聲音，不仔細聽還真的聽不懂她說什麼。

「蛤？真的假的？」玉桂實在是不懂那意思，有點懷疑自己是不是聽錯什麼，竟然有人對自己老爸起了讚賞之心，真是匪夷所思，至少他清楚父親是如何的過窩囊生活，可不像一個有特殊才能的男人。

「或許吧，是我判斷錯誤也說不定，總之剛才吃的那些東西讓我非常不舒服，到站了再叫我，先讓我休息一下……」章琳難受的蹲了下來，靠著牆閉目養神。

雖然傳聞中吸血鬼是以人血維生的，不過也只是傳說，根本沒有人證實過，但是現在不僅驗證了這個事實，還知道吸血鬼會為了讓自己在表面上跟一般人類沒什麼兩樣，而若無其事的吃著人類的食物，只是不知道那種味道對他們來說到底是何種難以下嚥的程度。

02 雙面

到了學校門口後，才發現真正的危險不是撞見章琳同學的身分，而是……

「喂，你們看……那不是……」同學們對於新同學玉桂和那位冷若冰山的章琳一起上學感到好奇，而且章琳身上穿的家居服不像是她的，就連尺寸都大了那麼一截，光是這點就讓大家在學校大門開始議論紛紛。

章琳不想理會那種看好戲的目光。她淡然的說：「我去換個制服，你自己先去教室吧。」

玉桂卻被周圍的目光壓到喘不過氣來，突然覺得自己變成這學校所有男生的公敵了。看著章琳往樓頂的階梯走上去，不由得讓人猜想她的行李是不是放在學校啊？

「嘿！新同學！」玉桂冷不防地被人架住脖子，但聽得出那聲音有點熟悉，「你也真夠嗆的了，正式上課第二天就把我們學校的校花追到手了。」

開口的那個人正是比利楊，那種挖苦人的冷嘲熱諷滿符合他的個性，只是那種毫無根據就下評論的流言蜚語總是會讓人非常感冒，玉桂也只能苦笑的攤著手，原以為只是一般的調侃而已，沒想到比利楊將臉靠了過來，輕聲的說：「那個女人沒對你做什麼吧？……至少我在你身上感覺不到那種獨特的血腥味……」

「什、什麼……？」玉桂被比利楊這麼突然的一句話給嚇傻了，難道他昨天也在場嗎？這讓玉桂狐疑的眼神看著他。

只是比利楊依然笑臉宜人的逢人就招呼，裝作一位熱情的外國交換學生，完全讓人感覺不出來他剛剛所問的事情是如此的一針見血，像是要吃人骨頭不見血的模樣，可怕的讓人想逃離他身邊。

「沒事、沒事，中午我們一起吃便當吧。」快進教室前，比利楊拍拍玉桂的肩說。

「蛤？」

「see you later」比利楊兩指對著玉桂敬禮後，便若無其事的走向他的座位。

玉桂有些不知所措的站在教室外，無法理解的看著他和同學們打鬧嘻笑，有種令人無法聯想的違和感。

「聽說你今天跟章琳一起來上學啊？而且她身上好像穿的是男人衣服唷！」玉桂椅子都還沒坐下去，面對的是坐他前面座位的慧香，她瞇著眼用審視的目光打量著玉桂，似乎對眼前的男孩有不同的見解。

「饒了我吧……」玉桂露出靦腆的笑容坐了下來。

「好了，不開你玩笑了，我想一定是有什麼隱情吧？」

「是有點一言難盡的事情，但絕對不是你們想的那樣……」玉桂才剛說完，章琳就從他眼前走了過去，頓時讓玉桂閉上嘴巴。應該說，原本鬧哄哄的教室頓時安靜了下來，所有人的目光都放在她的身上。

02 雙面

章琳全身上下已經換好了制服，她如往常般的放著書包，不理會同學們異樣的眼光，只是剛好抬頭和玉桂對了上眼。那眼神像是有些警告玉桂少多嘴，最好是對昨天的事隻字都別提到，否則的話……

玉桂背脊涼了一下，就連慧香也向她妥協般的自動閉上嘴巴，不曉得為什麼同學們都有些懼怕章琳呢？這讓人實在是百思不得其解。

午休的時候，如同昨天一樣，章琳一下課人就不知道去哪了，但也猜得到她一定是為了避人耳目，總不能每天逼自己吃人類的食物，這樣遲早會把自己的身體搞壞的。

「玉桂……我們一起吃飯吧！」慧香將椅子轉了過來，她把熱好的便當攤在玉桂的桌子上，份量不像是一個女孩子可以吃完的量，有種特意要和人共食的準備。

「這可不行喔，慧香。」比利楊突然出現在玉桂的身後，將手搭在他的肩上，「這傢伙可是跟我約好中午要去食堂吃飯喔！」

慧香一聽有些難過的表情說：「是這樣喔……」

「沒關係，沒關係啦！這樣好了，我先陪比利楊去食堂買午餐，大家再回座位一起吃可以嗎？」玉桂望著他們如此的說。

比利楊嘆了口氣，然後又擠出那燦爛的笑容說：「of course」

慧香高興的點點頭，看著玉桂和比利楊走出教室後，滿懷期待的整理了桌面，有種回到小時候聚餐扮家家酒的感覺。

雖然比利楊一路上和玉桂談笑風生，但是行走的路卻正越走越偏僻，人煙越來越稀少，玉桂不太好意思開口問比利楊是不是走錯路了的時候……

咚——！

就在玉桂對完全不熟悉的新環境東張西望時，肚子突然被人狠狠的揍了一拳，那拳勁之大，連周圍都起了不小的迴聲。

「嗚哇——」玉桂跪地吐了出來，並在嘔吐的液體中嚐到了血的滋味。

玉桂乾咳了幾聲，視線還有些模糊，但他提起精神抬起頭望著那位突然出手的人……

比利楊！這傢伙到底在做什麼啊？

玉桂不解的看著他，但是比利楊只是露出訕笑鄙視的眼神看著玉桂。

「你真是個爛好人啊，小子。」

「嗚……」玉桂捂著肚子，想站起身與他理論的時候……

啪——！又一記上勾拳往玉桂的下巴打去，玉桂立刻大字型倒在地上。他感到有些暈眩嘔心，就連眼前的人影都看不太清楚，耳朵也有些遲鈍，更不用說思緒已成一片空白。

02 雙面

「我還以為已經被章琳那女人捷足先登了耶！沒想到你竟然是完好如初的出現在我眼前，真讓我興奮啊！哈哈哈！」比利楊那誇張的笑聲讓人不禁起了雞皮疙瘩。

躺著地上呈現虛脫狀態的玉桂，痛苦的掙扎幾下，但依舊毫無力氣爬起來，就只能任由眼前的人……不，應該說是一個全身金色毛茸茸的怪物站在他眼前，疵牙裂嘴的大放厥詞。

「我可不像是那些活膩的老魔術師一樣，想找著年輕的繼承者來接手他們的遺志，有這種能力不拿來好好充實自己對抗審判者，竟搞一些違背自我意志的東西，笑死人了！」

「唔……比利……我根本不清楚你在說什麼……呼……」玉桂不斷喘息著，雙腳也像抽蓄般的抖動了幾下。

「你當然不清楚，很多世人臨死前的反應就跟你一樣，不明不白的死法，這樣你懂了吧？」比利楊舉起右手原地抓了抓空氣，讓藏在肉體的尖銳指甲滑出來，才一眨眼，他手指上的指甲就如同匕首般一樣長且又鋒利。

「你要殺我？」

「殺你？你可是我們魔術師力量的泉源啊！怎麼可能忍心殺你……是要活吞你，這寶貴的東西可是要講究『新鮮度』。」

對於比利楊把自己比喻成魚跟肉的物品，讓玉桂更加緊張起來，他使盡力氣想翻身逃走，但只等到顫抖無力的生理機能出現。

「可真狼狽啊，要怪就只能怪你的父母生你出來，誰叫他們生出你這種雜種的存在。」

「雜種……？」

「對，沒錯。那就是你們這種人的統稱，就是我們魔術師和普通人類所生的後代，然後又不斷繁延下去。既沒有任何形態和能力，卻有著取之不盡的能源，根本就是為我們這些魔術師所生的嘛！哈哈哈！」比利楊展開雙手，露出那尖銳無比的指甲。

只能閉上眼睛無言喘氣的玉桂，像放棄生存意志一樣。

「有什麼遺言嗎？」

「你、你這王八蛋……我做鬼也不會放過你！」

話語一畢，比利楊的雙爪用力的扎向玉桂的雙腿。

「噗哇——啊啊啊啊啊——」玉桂的身體如同蝦子遇熱一般彈了起來，他雙腿被狠狠的釘在地面上，血流如注的刺穿肌肉組織和骨頭，完完全全沒有在跟玉桂客氣，像極了人類在面對食用畜肉一般，既沒有感情和憐憫之心。

「多謝款待啊，玉桂，我食量可是海量的大，吃完你之後，我再把慧香幫你準備的便當也吃個一乾二淨，也不枉人家的心意啊，哈哈哈！」

「蒼紅蓮——」一道血紅的光劈在比利楊的指甲上，比利楊的指甲隨即應聲斷裂。

就在比利楊還摸不著頭緒時，在他的後方衝起一道紅色血液，像菱角型般的結界包住比利楊上半身，那壓制力讓他無法立刻脫身，雙腳不斷的出力，腳上的球鞋也被藏在肉身的指甲貫穿成數個大孔，死命的踩出腳下一道道爪子痕跡。

「咻——」一道瘦小身影從天而降的落在玉桂身旁，那身影的裙子邊角也如同自由落體般的從胸際滑下來到大腿位置上。

「終於露出你的本性了……狼人！」緩緩站起身的章琳，深紅的眼神狠狠地瞪著對方。

「少在那邊給我礙事！妳這個吸血鬼！」比利楊使盡全力撐開壓制在他身上的血色結界，金黃色的毛髮幾乎覆蓋了所有身上位置僅露出臉部和極少部分人類皮膚，還有那爆青筋的上臂和二頭肌展露無遺，可以說是完完全全的獸化體。

章琳毫無懼怕般的衝向比利楊身邊，一個墊步就縮短他們彼此間的距離。但是比利楊也沒有任何退縮動作，他將雙手交叉於胸前，用力的大喊著「火力全開！」原本被斬斷的尖利指甲瞬間又從皮下組織裡爆了出來，然後展開雙臂的像是在跟章琳說「放馬過來」的意思。

就在章琳接觸到比利楊的身上時，她立刻化為一陣血色的霧氣，讓原本蓄力一陣子的比利楊撲了個空，尖銳的指甲完全崁進僅有人影卻沒有實體的血霧中，而那血霧的流動快速鑽向比利楊死角下方，此時從霧氣中飛出像是鞭子一樣的東西擊中他的下巴。就在比利楊遭痛擊往後身體倒地時，那俐落身手的倩影已經往後翻了跟斗，悠悠的站在玉桂身前，游刃有餘的模樣讓人不禁屏住呼吸無法轉移視線。

「玉桂，」章琳眼角餘光注視著玉桂的傷口，一邊呼喊著他，「無大礙吧？」

「……」玉桂則是痛到眼睛飆淚，雙腳因疼痛不斷顫抖，連話都擠不太出來，「我這樣子像是沒事嗎？」

「你還有精神跟我爭論這些的話，也代表這傷只是皮外傷，如果能動的話，就自己離開這邊，別礙事！」章琳話畢立刻蹲了下來，雙手按住地面，讓手腕上的血液導向地面造出一道血牆來阻止比利楊的衝刺。『碰』的一聲，那血牆像是禁不起這麼強烈的撞擊，已經像是蜘蛛網般的裂掉，而且面積還不斷往外沿伸出去。

「快離開我身邊！」章琳出乎意外的發出女性特有的高音撕吼著，似乎是知道接下來非常危險。

玉桂當然知道此時待在這裡不是明智的選擇，但是他自己的雙腿被斷了一截的尖銳指甲狠狠地釘在地面上，連使力拔出都有點問題，更何況還要一邊承受刺骨刺肉之

02 雙面

痛，讓他連反駁的語氣都說不出口。
想不出辦法保護玉桂的章琳，只好狠心地往玉桂雙腿踢了過去，只見他痛苦哀嚎的滾了好幾圈，而原先釘在腿上在指甲依舊好好的嵌在地面上無動於衷，僅留下些許的肌肉組織和血液在上頭，讓人有些觸目驚心。
就在章琳把目光放在玉桂身上的毫秒間，比利楊立刻衝撞血牆第二遍，原本就已經抵擋不住蠻力破壞的術法，像是玻璃般的碎裂爆散開來，就連牆後的章琳也被比利楊撲飛了幾十公尺遠，足見威力驚人。連同尋常人受到此攻勢也注定全身癱瘓，更何況是玉桂眼前的柔弱女子。
「章琳！」玉桂管不了自己雙腿的劇痛，非常吃力的爬向章琳因衝撞飛落進去的木造廢棄庫房裡。
噠——沉重的落地聲從玉桂身後響起。
正當玉桂發覺事情不妙時，比利楊偌大的獸腳就踩在他的背上，硬生生的重壓著，讓他差點喘不過氣來。
「比、比利楊……你這混蛋……虧我如此信任你……」
「信任我？哇哈哈哈——」比利楊聽到如此的質問，止不住的發笑一陣子，「你有見過人類對於豬牛羊這些牲畜有過側隱之心嗎？會因為牠們也有生命和靈魂，你們就不會去吃牠嗎?可笑至極啊!你這偽善者就活該被我們生吞活剝!」

「閉嘴!」不遠處傳來的章琳的聲音,而且比利楊周遭有一條赤紅血液像鞭子般的掃了過來,沿途的物件、石塊和花花草草頓時被連根被斬斷,看得出是非常鋒利的血色鞭子。但此術法威力雖大,但也讓人輕易就能躲過,有點像是章琳用來威脅和阻斷的手法之一。

比利楊往後翻騰到不遠方,輕鬆的展現與身形不符的敏捷度,他狠狠的瞪著身體尚在自我修復的章琳身上,左手脫臼呈現不自然的擺動,全身衣物破損不堪,看得出傷的很嚴重。

「我不得不說妳這吸血鬼真的對我來說,是有點小麻煩的存在。」

「少廢話!如果魔術師之間要決鬥的話,就不能將普通人類牽扯進去,你難道忘了嗎?」

「是啊,我是忘了,但那又如何?」比利楊雙手一攤不在意的回答。

「師父和大伙們……好不容易建立的與人類和平相處的光景,我不會讓你一人就這樣輕易破壞掉!」章琳低下頭強烈的訴說著。

「所以我說那又如何?就算牽扯到普通人類而引來『審判者』來討伐,也只是那些弱小的魔術師們會懼怕,對於本大爺來說……這才是活的意義!是快感的來源啊！」

「人渣！」章琳右手控制著血鞭，不斷朝著比利楊的位置揮舞著，但始終傷不到他一根寒毛，那狼人的動作實在太過敏捷，遠距離的攻擊絲毫傷不了，更別說近距離的戰鬥，章琳根本討不到任何便宜。

「妳這女人就沒有其它招式了嗎？別給我浪費時間！」

比利楊這次連躲也不躲，直接用腳上利爪朝血鞭劃了個半月弧狀，章琳手上的血鞭立刻從中斷開。頓時失去攻擊重心的章琳，踉蹌的滑了幾步路，這讓狡猾的比利楊嗅到了機會，他展開雙手筆直的朝章琳衝了過去，像極了獵殺農村裡的小棉羊般。

「小心啊！」玉桂不知何時已經爬到章琳身邊，他使盡力站起身推開了章琳，然後只能眼睜睜的用身體去迎接那冰冷的利爪刺穿他的胸膛，留在意識的最後畫面，是章琳用著不解也不可思議的眼神望著他……

03 迷走

玉桂……玉桂……

印象中，那個熟悉的聲音是在他六歲的時候就不曾聽到了，溫暖的，語氣裡包含的關愛和疼惜。雖然有一點畫面，但絕大部分已經想不太起來了，那女人的五官和面貌，似乎被黑影遮了起來，想動手撥開卻做不到的無奈感出現。

雖然父親朧馬每年都會帶著玉桂去掃墓，但祭拜的人是誰，朧馬總是三緘其口的轉移話題，所以玉桂只能拼命的去想起六歲前記憶深處的那個女人模樣，但是沒什麼結果與結論出來，不過以常識來解釋的話，那應該是所謂母親的存在。至少證明自己不是石頭裡蹦出來的小孩，是值得感到自我安慰的事。

物換星移，漸漸淡忘的回憶頓時又回到心頭，本該沉睡的聲音再度出現在玉桂的腦海裡，不想二度失去機會的他，使勁的讓自己清醒過來，想抓住在他耳邊呢喃的這個人……

「嗯？」

玉桂突然從夢中驚醒過來，才發現自己的雙手正緊握著章琳的手不放，這不僅

03 迷走

讓章琳露出困惑的表情，那緊皺的眉頭像是在擔心眼前的男孩是不是有什麼後遺症似的。

「是妳啊……章琳同學。」玉桂看到熟面孔的臉龐，安心放鬆的躺回地上，長長的深吸了一口氣。

「看樣子你脫離了險境，真是會讓人擔心的白痴，哪有人類會插手魔術師之間的戰鬥，你瘋了是不是？」

「啊啊，是瘋了……」玉桂隨口回應著，一邊轉頭看著四處被破壞的景象，看樣子在他昏迷後又有著怎樣的大戰所造成的，在不遠處還有個奄奄一邊的金髮男孩大字型的躺在地上，一動也不動的。以外觀來看，應該是已經恢復人形的比利楊沒錯，只是不知道他是生是死罷了。

「可以放開我的手了吧？噁心死了，都是手汗。」章琳冷不防的將玉桂的思緒拉回到她的身邊。

「啊，抱歉、抱歉……」玉桂趕緊鬆手，一臉尷尬的找其它話題，「我還以為我死定了，沒想到感覺自己只受到輕傷，真是有些幸運吶！」

「哪來的幸運？你早就死過一次了。」

「我死了？心臟停止沒了氣息的那種？」

「對，就是停止呼吸的那種，還有什麼疑問嗎？」章琳對玉桂提出的問題感到有點不耐煩，大概是不太喜歡兩度回答同樣答案似的。

「……我怎麼又活過來了？」玉桂努力的撐起自己的上半身，一邊張望著自己胸膛上的傷口，那裡已經恢復了八、九成，只剩下骸人的傷疤留著，而且感覺不到任何疼痛。

「喔你指的是那個啊？當然是用我『永生的血液』讓你續命下來的。」

「那我不就……？」玉桂一聽非常緊張的用食指指著自己，一副欲言又止的模樣，「我、我現在也是吸血鬼了？」

「說什麼蠢話？你當真電視上演那些毀謗我們吸血鬼一族的事情是真的吧？退一萬步來說，你就算是個普通人類，我也只能暫時用血控制你們，並不可能把你們變成我們的一員，瞭解了吧？」

「所以……」

「所以你該慶幸自己是個『雜種』，因為你的身體機能特殊，可以接受魔術師一族的血液使其百分百的將我們天賦複製過去，而那種能力也被稱為『容器』的存在，也就是說，我們魔術師一族也能藉由你的身體轉移靈魂，做為新的物件來使用。」

「唔……」玉桂雖然不能接受章琳這種說法，但以目前的資訊來說，只能接受這樣的事實。

「不過那時效性只能維持一個小時左右，因為『雜種』們是沒有製造的能力，會藉著消耗或是生理飢餓而慢慢減弱直至消失怠盡。」

「總而言之，是章琳同學救了我，這個恩情……」

玉桂準備向章琳道謝。

「……我只是不希望你這位繼承人就這樣死掉，我會很困擾的。」章琳沒好氣的撇著頭說著，雖然語氣有些不甘心就是了。

玉桂終於對這些事情有了點頭緒，自然安心了不少。他把目光放回到比利楊的身上，雖然投以同情卻又無法替他說情，畢竟是他先要致自己於死地章琳才出手解危，這導致章琳也受了點傷，只是昏迷的那段時間，章琳是如何挽回頹勢的，這讓玉桂有點好奇。

「他……死了嗎？」玉桂問著。

「應該吧。誰叫那個狼人要逼我使用寶具，活該！」

「寶具？」

「幹嘛一直問這麼清楚，我覺得很煩好嗎！」

章琳一臉不想透露的表情，玉桂也只好就此打住。但此時比利楊的手指頭微微的抽動幾下，被眼尖的玉桂看了正著，他驚訝的拍著章琳的肩膀不斷指向比利楊。

「野生動物的生命力真是不能小覷……」章琳說。

呼——呼——比利楊突然張大口呼氣著，像是重新活了過來般，不過依舊孱弱躺在地上，毫無威脅性。

「比利楊就給你決定處置了，當作你未來的繼承禮物吧！」章琳氣息有些微弱，看得出來她也非常疲憊，有可能會像昨天一樣，猶如準備冬眠的熊般睡上一覺吧。

「我不想殺他，至少我們還有昨天的同學之誼在，我可以這樣決定嗎？」

「哼！隨便你，後果自己負責，我可不擅長馴狗。」章琳悻悻然的站起身，拍了拍身上的灰塵，然後瞥了一眼身上破損不堪的制服說：「下午我要蹺課休養，課間結束後再來頂樓找我吧。」

話說完後，章琳就化為一陣血霧消失在這裡。

玉桂雙手慢慢撐起下半身，重心還有些不穩的站了起來，然後緩緩的走向比利楊身邊。比利楊除了臉部有幾處瘀青腫脹外，其它地方倒也沒什麼傷著，雖然身上的制服都毀的差不多了，但那是他在變身狼人的時候自己撐破的，怪不得別人。

「還能走路吧？」

「唔……當然……」比利楊勉強擠出幾句話。

玉桂上前攙扶著他起來，「我們跟慧香約定好了，要一起吃中餐，沒忘吧？」

「咯咯……現在你還吃的下……咳、咳……」比利楊笑了出來。

「當然。」

✣

之後玉桂和比利楊當然是空手回到教室，三人共吃慧香的便當不說，慧香還瞪大眼驚訝的看著他們的傷口和破損不堪的衣物，接連不斷詢問發生了什麼事，但多半被比利楊那圓滑的說法給說服，說是走到餐廳前和來校外找他尋仇的人發生爭鬥，也連累到玉桂。總之就是自己虧到他校的妹妹而造成的，也叮囑慧香不要張揚出去，畢竟都三年級了，這種事傳出去只會讓玉桂也受到連坐法處置。

而衣物的部分也只能先換上運動服，因為下午第三節是體育課，還能掩人耳目一下，只是苦了慧香這個班級長，要麻煩她跟老師解釋章琳的去向而已。

課間結束後，玉桂原以為比利楊會和自己打著照面，沒想到他自尊心頗高的，書包一背就離開了教室，頭也不回似的。玉桂看了他離去的背影也只能苦笑的嘆了口氣，匆匆的向慧香道別之後，偷偷的往頂樓走了上去，他可不想再被人看到和章琳之間的事情而又被調侃。

頂樓基本上是個廢棄課桌椅的地方，幾張歪的、釘子突出的和桌腳裂開的，硬生生地塞滿整條走道，有些寸步難行。再往上走進去，裡面有幾個立著和東倒西歪的生鏽鐵櫃，不規則的被丟在這邊，而且陰暗不說，還有些潮濕，如果是正常人的話是不會到這裡來的，光是詭異的氣味就把人嚇破膽了，更何況還要從這裡找出吸血鬼藏身的地方，有些為難人吶。

「章琳……妳在嗎？」

玉桂有些無法置信的看著這裡，因為太陰暗了，索性拿出手機照明了腳下的物件，小心翼翼的行走，然後輕聲喊著她的名字。原以為要找一陣子，沒想到越走越靠近時，就聞得到章琳身上的香味，雖然是個淡香味，但是味道有些特殊，是玉桂喜歡的氣味。

隨著香氣來到一個傾倒的鐵櫃，外表看起來跟旁邊的鐵櫃一般無二，但是能察覺得到裡面有微弱的呼吸出現，玉桂毫不猶豫的上前扳開門把，這一扳嚇傻了玉桂，因為章琳是一絲不掛的睡在裡面，手機的光線定格在她赤裸裸的身體上，玉桂也不知是迷住還是傻住，就這麼盯著不放，此時章琳睜開了眼，惡狠狠的眼神與玉桂目光對上了，嚇的玉桂立刻鬆開了手 任憑鐵門發出碰的聲響。

癱坐在地上的玉桂深深呼吸著，便聽到鐵櫃裡傳來了聲音。

「上次還看不夠嗎？」

03 迷走

「……」玉桂有些心虛的吞了吞口水，「妳誤會了……我只是第一次知道吸血鬼喜歡裸睡而已……」

「無聊的猜測。」章琳推開的鐵櫃門，從裡面站出來的時候，已經是穿好制服的模樣，那著裝的速度有點快的驚人，讓玉桂心慌的低下頭不敢直視章琳的眼睛。

「喏，我的行李。」

章琳將一個深紅色的行李箱放在玉桂的面前，發出咚的一聲沉重聲響，玉桂才緩緩的抬起頭看著那個與她身材相當的行李箱，裡面不知道裝了多少東西，有些大的浮誇了些。

玉桂走上前正接了過去，沒想到準備出力時，才發現箱子非常地沉重，看著章琳提著那麼輕易，玉桂也只能不甘示弱的雙手握住提把，臉部糾結成一團，步履蹣跚走了幾步。

「重嗎？」章琳隨口一問。

「有一點。」玉桂此時已經漲紅了臉。

「啊啊，畢近這些東西是我花了快三百年收藏的，就連RIMOWA的行李箱也有百年歷史呦！」

「三……三百年……所以妳現在年紀？」

「二百九十七歲。」

玉桂頓時啞口無言，他實在不知道要用何種語氣來應對身後這位活化石，畢竟尊稱一聲長輩也是無可厚非，但是她的外表根本還是跟玉桂差不多同年齡一樣，就連談吐也不像是活了近三百年的人啊！

「不過你也不用對我特別禮讓，我不是個講究的人，也不太愛說教，尤其是之後要繼承我衣缽的人。」章琳實在看不下去，走上前幫玉桂將行李抬過那些廢棄課桌椅。

「……」

「幹嘛不說話？」

玉桂此時的思緒很亂，心中有很多疑問要說，但是最優先的還是他最想知道的事，「為什麼要找我當妳的繼承者？」

「你突然這麼一問，我也不太清楚。應該怎麼說呢……是種直覺吧？還是說感覺，總之你身上有種氣息是魔術師們之間才能察覺的東西，所以你說是我找你，還不如說是命運之神安排的還比較實際些。」

「所以一個所謂的魔術師都可以活到這麼長嗎？快三個世紀了……不覺得……」

「不覺得孤單是嗎？」章琳撥了撥長髮，一邊示意著玉桂放下行李箱休息一下，「一定會的，滄海桑田嘛！一個人活那麼久實在沒意思，所以才起了傳承之心。」

03 迷走

「這是什麼意思？」

「當我把能力繼承給你的時候，也就是我的死期。然後，我會變成一個普通人，活的時間越久，反噬的越多，我會因為衰老馬上面臨死亡，就像傳給我的那位救命恩人一樣……」章琳此時有些感傷，眼角還有些淚水，不過她在整理頭髮的時候偷偷抹去。

「既然會死那幹嘛還要傳給我？不老不死不是人們夢寐以求的夢想嗎？」

「笨蛋，這個答案等你繼承之後再去尋找吧！因為有些事是言語無法一一說明的……」章琳嘆了長長一口氣。

「吸血鬼這字面上的意思是指吸血維生的嗎？」玉桂用非常認真的表情看著章琳說，「妳說妳無法吃人類的食物，那……妳總該進食維持生命吧？」

章琳被這個問題給困住了，應該說，玉桂這個直搗核心的問法，有點讓她不知道要如何解釋才行，雖然不是不能透露，但總要讓玉桂了解到成為吸血鬼必須有某種的覺悟貫徹下去。

「你說對了，為了維持魔力，我都盡量不外出，一天有十八個小時都在睡眠來減緩耗損。不過，就算不吃不喝不使用能力，也頂多維持一個禮拜的時間，過了這期限你將會變得非常飢餓起來，然後沒了理智隨機見人就殺，直到你得到飽足後，才會清醒過來。」

「聽起來很可怕的樣子……」

章琳搖搖頭說：「這還不是最可怕的，不過每個魔術師一定都有過這種臨界點，只是能否堅持住而已，一旦跨出去殺戮過後，那會變成一種習慣了，反正餓過頭了就去亂殺無辜，不需要什麼道德規範，從此淪為一頭野獸，與魔術師的理念背道而馳……」

「那……我最後一個問題，妳……吃過人嗎？」

章琳沒有猶豫的搖著頭，「我不需要吃人而去殺人。雖然對魔術師們而言，人類的靈魂是增強能力的媒介之一，但我沒必要也不需要……應該說，魔術師裡也有許多人有著和人類共生的理念，因而找到不破壞的平衡悄然的活著，如此而已。像我也只是個蚊子一般，只襲擊和你一樣『特殊的人種』來奪取血液，而那些人就頂多覺得身體不適去個醫院被醫生診斷貧血罷了，沒其它生活上的影響。」

玉桂倒抽了一口氣，他覺得突然對吸血鬼的偏見有如撥雲見日般，沒有一開始的那種厭惡感出現了。他再度提起行李箱說：「走吧。這時候學生應該走的差不多了！」

章琳點點頭跟了上去。

03 迷走

✣

火車行經鐵軌接縫時發出的咯噠聲響，暫時讓玉桂拋開周遭射過來的好奇眼光，一個大男孩立著一個偌大皮箱在腳邊不說，而且還是個鮮豔的紅色，幾個下班尖峰搭上火車的公司女職員不斷交頭接耳，還伴有一點訕笑的聲音像箭矢般的射穿玉桂的心。他默默的低頭用眼角餘光看著坐在角落邊睡覺的章琳，像是與他切割般的離開是非之地一樣，讓玉桂有種想自我了斷的衝動。

此時火車靠了站，剛才在車上不斷議論玉桂的女職員都走了差不多了，只留下一位非常漂亮的大姐姐，看樣子跟其他職員是住不同地方似的，讓玉桂還不能完全放鬆心情喘一口氣，只能偷偷瞥著她。一頭茶色的頭髮和及肩的大波浪髮尾，旁分的瀏海配上緊身制服加上窄裙，有種清新脫俗的感覺，身高約有一百七十公分左右，腿和身體的比例是那種名模級的等級，所以這車廂裡還不止有玉桂在偷偷觀察她，連坐最遠的邊角地帶都有人名目張膽的拿起手機拍照，更讓這位女職員有些不自在的一邊拉著吊環，一邊還要騰出手整理讓自己險些走光的公司制服。

「哼哼！」一個禿頭中年男子咳了兩聲突然從座位上站了起來，像是在讓座給一位老婦人，但實際卻是藉機接近女職員，不斷若無其事的看著手機或是假裝往褲子口袋裡找東西，然後幾個腳步就順勢貼在她身旁一個拳頭距離。

原本還謹守分際的模樣，沒幾分鐘又故技重施般的掏口袋假意找東西，藉機製造手背不經意的劃過女職員臀部位置的假象，讓在場也注視這女性的所有男人們心糾了一下，像是有點羨慕還忌妒般的投以怒目，不過卻沒有人想到要站出來英雄救美。

那中年男子在停靠下一站以前，不斷趁機對女職員毛手毛腳，而她只是將頭放低低默不出聲，身體還有些不自覺地發出的顫抖，只能任由那男子對她上下其手也不敢做聲。

女職員好不容易等到下一站的人潮湧進，順勢的往玉桂方向躲了過來，沒想到火車剛駛動沒多久，那男人又不死心的靠了過來，活像是一個電車痴漢般。玉桂這時候終於看不下去，他故意提著行李箱硬插在他們的中間，像是來取暖的貓咪般。

「嘿！小鬼，你行李箱別放走道上行不行？」中年男子立刻不滿的反擊著。

「蛤？」玉桂一副死魚臉吊兒啷噹的回答，「整個走道我只佔了三分之一，也沒有影響到其他用路人，為何不行啊？還是說阻礙到你什麼了嗎？」

「什、什麼！你別亂、亂說，小心我告你毀謗喔！」

「還是你要看一下這個？」

玉桂很自然的拿起手機在他面前，雖然還沒解開按鍵鎖，那中年男子已經知道理虧，有些心虛的晃晃手離開這裡朝隔壁車廂逃去。

03 迷走

「呼……」玉桂鬆了一口氣。

「那個……謝謝你。真的非常的謝謝你。」女職員的聲音非常溫柔，那簡直是為她的身材和臉蛋又添加了不少分數。

「啊，不用客氣啦！」

「還是謝謝你，不然剛才他又靠了過來，我都嚇死了，好怕他又會做些什麼事，心臟一直撲通撲通的狂跳著啊。」

玉桂被人一直這樣道謝，有點難為情的低下頭，不太好意思的說：「不好意思我手機沒來得及拍，所以這只是嚇唬他而已，也沒幫上妳什麼忙。」

「不會啊，其實你這樣做還滿聰明的，至少不是和對方硬碰硬，誰知道那男人身上有沒有危險的武器也說不定！」

玉桂對眼前大姐姐頗有好感的，至少談吐不是那種高傲自大，而是一種內斂嬌弱的女性，像是無時無刻散發一種讓人不得不上前保護特質。

「那個……我要在這一站下車了。」女職員靦腆的微笑著。

「嗯。」

火車漸漸靠了站，女職員緩緩走向車門前等候著，然後突然想到什麼似的回頭望著玉桂。

「可以告訴我你叫什麼名字嗎？」

「啊？我嗎？」玉桂有點吃驚地回答，畢竟只是舉手之勞罷了，「我叫玉桂。」

「玉桂嗎？謝謝你，我叫艾達，很高興認識你。」

「嗯……不、不會。」原本眼前的女孩已經很害羞了，沒想到玉桂本人更加嚴重，他無法直視艾達的眼神，有種喜歡卻帶著一點討厭的感覺，像是矛盾的理論一樣。

「那我先走了，希望可以再見到你。」

「拜拜，我也是。」玉桂望著漸漸淹沒在人群裡的艾達，才把這句話擠出來。而且等到車門關起來的時候，玉桂才發現自己傻笑的表情非常僵硬的反射在玻璃上，頓時收起那白痴到不行的笑和口水，低著頭假裝擤個鼻水，一邊注意到車廂裡的男性都抱著『竟然被這弱不禁風的傢伙搶走風采』的哀怨眼神看向他。

此時，玉桂也注意到前方玻璃反射的章琳，她已經醒來靠在正後方的車門上，瞇著眼打量著玉桂。

玉桂轉過頭正想開口說些什麼的時候，章琳搶先說了一句：「這就是所謂的男人哪」，那聽起來有點鄙視的言語讓玉桂頓時安靜的閉上嘴，知道無法反駁什麼了。

回到家後，章琳又像早上一樣，變成了個很有教養的女孩，對朧馬父親道謝問侯著，然後還冠冕堂皇的說玉桂剛才有帶她去吃過晚餐了，就不麻煩伯父之類的話，便

03 迷走

提著行李箱上樓了，只留下飢腸轆轆的玉桂呆眼看著朧馬準備的一桌飯菜，要吃還是不吃成了他最大的難題，不吃還能替章琳圓謊，吃了這謊不就不打自招了嗎？

「你要是外面吃不夠，就坐下來一起吃吧。」朧馬像是看穿心思的說著。

「對，剛外面有吃一些啦，不過走著走著又有一點餓了，哈哈。」

朧馬添了像往常一樣的八滿飯遞給了玉桂，他愣了一秒後，馬上接過碗就坐了下來默默的吃著飯，原本父子倆就只有這時候會聊聊天說說話，但是今天怎麼也找不到話題，就連朧馬都只顧著看電視，沒什麼特別的事要說，因為就是太尋常了，反而讓玉桂想到章琳說的，自己的父親好像滿厲害的。但是真要說的話，玉桂倒是覺得有可能是神經比較大條而已了，沒什麼好值得驕傲的。

玉桂吃完飯後上樓，已經看到章琳躺在床上睡著了，而浴室外的籃子丟了今天盥洗換掉的衣物和垃圾桶裡的破爛制服，其它的章琳也不交待什麼，人像是冬眠一樣繼續睡著，那很像是昨天遇到的她一樣，只要施過術法後，她就會像嗜睡症患者，抓到空檔時間就休息，難道自己以後也要變成這樣子嗎？玉桂靠在牆壁靜靜的看著章琳熟睡的臉如此想著，然後仰天長嘆了一聲。

✣

一個禮拜過去了。

章琳依然無法讓玉桂繼承吸血鬼的血統，那問題不知道出在哪裡，不過至少可以慶幸的事，是她融入了玉桂的生活裡，而玉桂也慢慢習慣章琳那多層次的性格了，在家裡是個很有教養的同居人身分，到學校裡又變成一位沉默寡言的冰山美人，而私底下和玉桂相處的時間則是個嘴裡不饒人的長輩。那多半是他們魔術師們為了要隱藏自我而做的措施，所以玉桂選擇牽就著，如果說將來自己也變成這樣奇怪生物的話，也希望有人可以體諒些。

「你又在傻笑什麼？真噁心。」

章琳的話又把玉桂拉回了現實，如夢初醒的他看著一如往常的通學車廂裡的事物，還有之前的那次甜甜的回憶，雖然知道只是偶然，但是玉桂心裡底層的的確確有想過再見艾達一面的願望，所以不經意的表現在這個事發之地。

啪——有人輕拍了玉桂的肩膀，當他回頭的時候，還真的被嚇到了，原本只是心裡小小的願望，沒想到這麼快就實現了。對，沒錯，是艾達出現在他眼前，同樣的深褐色緊身制服和窄裙，還有那個迷死人不償命的笑容。

「玉桂真的是你啊！好高興喔，我想說你們學校的學生應該都是這時候搭車的，所以我每天都試著提早出門碰碰運氣，看會不會再遇見你。」

「艾達小姐在等我？真有點在做夢的感覺……」玉桂心裡暗自欣喜，沒想到這麼漂亮的女神會特別尋找他。

「我原本想找個時間請你吃個飯之類的來報答恩情，不過看樣子我們也只能在早上這時間相遇的到，還是讓我請你吃個早餐好嗎？」艾達的眼神充滿期望的看著玉桂。

「現在？」玉桂回頭瞥了章琳一眼，沒想到換來竟是她的白眼相待。

看著玉桂表情有些尷尬，艾達自知理虧般的吞了吞口水說：「這位是？」

「是我的……」

「哼！什麼都不是，只是同校的學生罷了，你們請便。」章琳悻悻然的離開他們身邊走向下個車廂去，一副不在乎的模樣。

「她……？」艾達有些愧疚的表情。

「喔，她喔，我同學只是有些害羞不擅於表達而已，別在意。」

「嗯。……那、那個接下來可以耽誤你一些時間嗎？只要這一頓就好，不然我會過意不去的。」

玉桂雖然有些遲疑，但是下意識的轉頭一看，原本該在身後的章琳早就識相的離開他身邊，玉桂立刻毫不猶豫的點點頭說：「好吧，今天遲到一下也沒關係。」

「真的嗎？太好了！」艾達十指交扣在胸前開心的回答著。

一方面，章琳則是獨自一人默默的走在通學的路上，而且是從車站下來後就一副殺氣騰騰的臉，讓路上的同學都紛紛躲她遠遠的，連路上的貓狗之類的動物也都會繞著她走，可見那不同常人的氣勢。

「別跟著我，還是你還想決鬥嗎？」章琳停下腳步像是在對空氣說話。

空氣瞬間像是凝結般的安靜，直到一個身影從圍牆上輕盈地翻了下來，一個男人雙手插著口袋的走向她身邊。

「我現在不想跟妳打，只是想問妳身上怎麼有一股狐狸味，臭的很！」說話的人便是比利楊。

「狐狸？」

「妳當然察覺不到，嗅覺可是我們狼人的天賦，偽裝成人類的魔術師是逃不過我的法眼。先別說這些了，照理說一個魔術師選定了繼承人，應該會守在那人身邊直到儀式結束吧？」

「是，那又如何？你到底想要說什麼？」章琳有些不耐煩地問著。

面對著殺氣如此重的章琳，比利楊只是雙手一攤無奈的回應：「九尾妖狐是最會蠱惑人心吊人胃口，尤其是對男人來說，根本就是無法抗拒的滋味。」

章琳一陣冷笑：「那是對你們男人，對我根本沒有用。」一說完，她便繼續往前走著。

「所以妳還搞不清楚狀況嗎？現在有危險的應該是妳原本該保護的那傢伙！」

聽到玉桂有危險，章琳立刻停下腳步微微的側身看著比利楊，「你為什麼要告訴我這件事？難道是喜歡上我了？」

「哈！別會錯意，我只是不想欠那傢伙人情而已。」

「也罷，我自己一個去就好，別插手。」

「別逞強了！看妳的樣子這麼虛弱，想也知道妳體力已經到了極限，身為一個吸血鬼竟然還限制自己的本能，去營造虛偽的正義做什麼？不吸血的妳跟一般人又有什麼差別？我是不知道妳身為魔術師的前世是背負著什麼，但別污辱了賜與妳力量的那位魔術師！」比利楊一針見血的指責著。

「那也不關你的事吧？就算這樣我也足夠的能力保護自己的繼承者。」

「憑妳一個人根本做不到，更何況對手是那狡猾的狐狸，肯定會把人騙到她的『巢穴（結界的一種）』裡，這樣就算魔術師也無法輕易進入那裡，所以妳現在只有一種選擇，就是暫時和我休戰結為同盟，我能幫忙在最快時間找到那傢伙。」

「隨你便，快帶路。」章琳雖然強勢了一些，但是比利楊的話確實有道理，而且自己確實到了一個禮拜沒吸人血的界限，現在光天化日下去尋找特殊人種有可能會曝光自己的位置給審判者們知道，只能接受這提議。

雖然比利楊能嗅出方圓十里的味道，並分辨出玉桂的氣味，但兩人也只能以人類姿態奔跑著，既不能使用能力也不能利用自己強健的身體飛簷走壁，因為現在雖是同盟，但也知道彼此間狀態，一個是重傷未癒，一個是氣力將盡，並不想太過張揚而招惹到天敵審判者們的到來。

「這邊！」

比利楊滑過一個轉角，地上瞬間塵土飛揚，許多路人紛紛閃避不及，被他們一一撞倒在地，不斷出現抱怨和謾罵聲音。他們經過車站，但沒有往裡面衝進去，而是沿著外圍繞著，像是很有規律的跑著一條如尼文字般，直到章琳漸漸發現身旁的人類都消失怠盡，才知道自己已經踏入結界的裡面。

「這就是九尾妖狐的巢穴？」

「肯定的。」比利楊緊急剎車踩住腳步，身後的章琳也一樣滑行了幾步路，地上留下一道焦黑的痕跡。

他們眼前所看到的是一個海市蜃樓，像幻象一般的懸浮在半空中，但以外觀來看，根本與現在的街市沒什麼差別，如果對象是中了迷魂術的人來說，簡直是分不出真實和虛假出來。

03 迷走

比利楊和章琳兩人對看了一眼，相互點頭之後，便躍入那海市蜃樓裡。

而早一步進到結界的玉桂開始感到疲倦且寒冷，心中的厭惡感也越來越重，但是艾達在他身旁，卻不好意思開口說明，說到底也是自尊心作祟使然。

「這條街道怎麼會這樣冷清啊？這時間應該是上班的時間……」玉桂不安的說著。

「吶，誰知道呢。」艾達的嘴角正在笑著。

「感覺店家裡面也沒人在的樣子，是不是都排定今天一起公休啊？」

「是嗎？也說不定呦。」

玉桂的眼角餘光看到艾達的窄裙底下突然冒出了一條白色的東西，類似尾巴一樣，毛色雪亮且越到尾巴後方那毛色越多越蓬鬆，那形狀像極了松鼠尾。

「那今天都沒營業，我們不如改天再約吧。」玉桂不動聲色的說著。

「別這樣，等改天我們又不知道多少天才能再見面，緣分這種東西實在是說不定哪。」艾達的尾巴又多了三條出來，時而順風擺動，時而逆針擺動，如果有貓看到的話，會馬上撲上去把玩也說不定。

「艾達小姐相信緣分這種牽強的理由嗎？那不是只有在某人問你有沒有男女朋友的時候，才會逞強丟出用來解釋好讓自己下台階的托詞嗎？」

「咯咯咯。」艾達手遮著唇，吃吃地笑著，「玉桂你好有趣喔，怎麼會把這麼浪漫的詞想到那種地方去呢？」

話剛說完，艾達已經有了第五條尾巴。

「因為我曾經被人問過，當然為了面子問題，我只好回答緣分未到，所以才有著這種切身之痛。」

「原來如此。」

七條了。玉桂在心裡說給自己聽，不過依然保持平常心。

「那艾達小姐呢？有男朋友了吧？因為妳這麼漂亮……」玉桂原本待在她身邊會因為害燥而不知所措，沒想到對方也是個魔術師，心裡反而安穩下來了，可能最近遇到太多諸如此類的事，已經麻木許多。

「你想知道嗎？」

「不是非得要知道答案才行，因為艾達小姐也有自己的隱私，我也是隨口問問而已。」

「可以呦，我可以告訴你我沒有男朋友，既沒有隱藏也沒有為了自抬身價隨便地回答你，所以你知道答案後想怎麼樣呢？」艾達的九條尾巴飛舞在半空中，像是期待的眼神看著玉桂。

03 迷走

「妳是不是想殺了我？」

「啊呀，原來你已經發現了呀……」艾達伸出手撫摸著玉桂的臉頰，像在把玩的一樣。

「也許打從一開始我應該就已經發現了，畢竟只有魔術師靠近我的時候，才有那種『厭惡感』，只是我不想去承認而已。」

「確實，我的的確確是有要殺了你的想法，因為你身上力量太吸引人了，只要是魔術師都會對你垂涎三尺，更何況是一個送上門的人呢。不過我卻不打算那麼做了，我可以養你護你到我百歲之後，便將讓你繼承我的靈魂，這樣可好？」

「對不起，我已經答應別人了，就算你威脅我也沒用的。」玉桂如此肯定的說著。

「有沒有用誰說的準呢？我會讓你心甘情願自己說出口的。」艾達說完之後，便緩緩解下自己衣服上的領扣，然後在玉桂的面前一揮手，他眼神就開始茫然起來，整個人開始沉浸在幻覺之中，全身像是興奮般的紅了臉，手心緊握冒著熱汗。

「怎麼樣呢？如果成為我的繼承者代理，我每天都可以讓你享受這種生活呦。」艾達蹺著腿坐在一旁的街道石椅上欣賞著中了迷惑術的玉桂，她那自戀般的表情像是已經主宰了玉桂所有五官神經一樣。

「謝謝……」玉桂輕閉雙眼，深吸了一口氣大聲的說著，「就算妳擁有再好的身材，也比不上章琳身體的一部分！」

「你說什麼！你到底是不是男人啊！懂不懂欣賞成熟女人的美！」艾達氣的從石椅上跳了起來罵著。

「哇哈哈哈！真有你的，玉桂！」站在遠方的比利楊大聲的笑了出來，他拍了拍他身旁章琳的肩膀。

章琳則是漲紅了臉低下頭不發一語。

「唔……你們是誰？為什麼可以進來我的結界呢？」艾達驚訝的說著，然後馬上恢復理智笑著說：「原來是同類人啊……魔術師之間打交道，不是應該露出真身給人看的嗎？」

「我可不記得有這項規距，偽裝成普通人生活著才是魔術師之間默認的規距吧。我說是嗎，九尾妖狐！」比利楊雙手一攤的說。

「魔術師的真身是不能透露給敵人知道的，尤其是像妳這種人！」章琳擺出準備戰鬥的姿態。

「是嗎?不說也可以!我試試就知道了!」艾達右手一揮，原本在遠方的她瞬間出現在章琳和比利楊眼前，而原位的身軀化為一陣青煙隨風散去。

「小心！」比利楊一個半月踢震開了艾達無形的幻術波，那可以殺人的術法被破

03 迷走

壞掉一大半，只有少部掠過了章琳的臉蛋邊，但才輕輕一削過就一道見紅傷口出現。

「原來是阿卡迪亞的狼人啊。」艾達看了比利楊使出能力後所變化強而有力的狼腳，便淺淺的笑著，「那妳呢？看來我也要逼妳動手呦！」

「不需要妳試！妳這虛偽的女人！」章琳眼睛瞬間血紅般的揮出鞭子抽向艾達身邊。

咻——揮到的並不是實體，而是一陣青煙，而那散去煙像是繁殖般不斷向往沿伸，然後漸漸化為艾達的虛體。

「章琳別看她的眼睛，她會對妳施展迷幻術讓你碰不到實體！」

「喔——原本章琳就是妳啊……」艾達化為一陣青煙飄到章琳的腳邊，然後立刻再化為艾達的身軀。她緩緩的站起了身，一邊像評審美般的觀賞著章琳的身段上下，一會便嘆氣般的說，「不怎麼樣嘛！要身材沒身材，要臉蛋沒臉蛋，就連個女人味都沒有，怎麼會有人欣賞妳呢？」

「閉嘴！」不等血鞭抽回，章琳立刻左手化為一把血劍穿進艾達的身體裡，不過依然沒有實體的感覺。

化成青煙的虛體往方集中成數十個人型影子，同時間施展幻術波襲向章琳身上，而她則是立刻將血拍進地面上瞬間形成一道血牆抵擋，強大的衝擊波嘎然一聲撞破此牆，章琳依然游刃有餘的往後翻了幾圈擺出戰鬥姿態蹲在地上。

而在血牆散去的那剎那，比利楊從裡面衝了出來，右臂往後一拉蓄力著朝著無數人影其中一個轟了過去，頓時強光四射還有許多碎石飛向章琳的腳邊，還來不及反應伸手遮光的時候，震耳欲聾的聲響已經傳到耳邊來。

等到煙消雲散時，只見比利楊的拳頭硬生生卡在半空中，正與艾達無形的波動拉扯著，拳頭的周圍還看得見曲度的折痕，兩人之間像是存在著二維空間一樣。

「有狼人在果然就是棘手啊……」艾達像是嚇出一身冷汗似的拍拍自己的胸口說著。

「章琳！別管我，先去救玉桂！」比利楊頭也不回的大喊著，雙眼死死的盯著前方，「九尾妖狐，這明顯不是妳的能力吧？」

艾達看著他身後的章琳化為血霧飛離原地後，冷冷的笑著說：「你以為魔術師之間同盟是你們的專利嗎？我當然也有呦！」

艾達趁著比利楊的雙手被困在空間裡面，張開雙手準備朝他使出幻術波的時候，二維空間的波動突然變大接著彈了開來，兩人頓時被碰飛的老遠且身後還激起一陣漣漪。

「難道這就是超能力？」

03 迷走

變為人類的比利楊大字型躺在地上，非常驚訝的自言自語。而艾達則是不悅的朝著一旁坐在咖啡廳裡的小孩子鬧憋扭吼著，不斷的抱怨對方搞什麼東西、為什麼插手阻止她之類的罵著，像是跟孩童般吵架一樣的無厘頭。

許久，艾達像是拗不過咖啡廳的那個小孩子，只好忿忿不平對著遠方的比利楊喊著：「我的同伴說不想與你們為敵，算你們運氣好，下次別再破壞我的好事了呦！不然別怪我手下不留情面。」

比利楊抬腳蹬地了一下翻起身盤腿坐著，露出一副搞不清楚狀況的臉望著她。

「記得喔。」艾達舉起右手一個響指，幻覺瞬間消失在眼前，映入眼簾則是人來人往的火車站，比利楊看著前方行走的人們，已經察覺不到那兩個敵人的氣息了，他站了起來拍了拍屁股的灰塵，然後走向旅客候位區，章琳正坐在那邊，雙腿上還讓玉桂枕著，不過看樣子沒什麼大礙了。

「剛那位小鬼不知道何方神聖，就連這麼我行我素的九尾妖狐都這麼聽他的，實在摸不著頭緒……對了，玉桂怎麼樣了？」比利楊搔著頭說著。

章琳搖搖頭，「沒事，幻覺退了，只是還在做夢而已。」

玉桂滿臉通紅，全身興奮的顫抖，雙手還不停的往章琳身上亂摸，不像是做惡夢，反而像是夢到什麼春心蕩樣的事情。

啪——

章琳無聲無息冷不防的賞了玉桂一個巴賞，就連身旁的比利楊都皺了眉頭，然後玉桂就睡眼惺忪的醒了過來。與章琳無言的對視了十幾秒鐘，才沒好氣的說：「我剛剛是被卡車撞到了嗎？」

「天曉得。」章琳依然面無表情的說著。

而玉桂則是對著雙手插口袋，瀟灑的走出門口的背影喊著：「謝了！比利楊。」

金髮高大的男子只是舉起右手揮了揮，頭也不回的離開。

04 宿敵

「嗯……」慧香看著玉桂身旁的兩個人有些發楞，想想有一位比利楊就算了，因為他人氣非常高，根本沒想過和他一起用餐，但是連原本對同學異常冷淡的章琳也坐下來一起『用餐』，這畫面非常突兀讓人難以接受。而且，說是吃飯，也只有他們三個人在交換便當菜色，章琳只是安靜待在一旁喝水，沒錯就是瓶裝礦泉水，這讓慧香有些尷尬擠出點笑容，把自己的便當分了一些在便當蓋上，遞向章琳身邊。

「章琳同學要不要嚐嚐我的手藝？」

「不用，我減肥。」章琳看了一眼，面無表情的喝了一口水。

「是、是這樣啊……哈哈……哈……」這下慧香更加尷尬起來，如果大家是一起坐下來交換便當的話，那還有話題可以聊，但偏偏眼前的女人像是來找碴一樣，拿了一瓶水坐了下來，說是和大家一起共進午餐，卻什麼也沒有準備，就這樣一直注視其他人吃飯的樣子，真讓人食不下嚥。

「女孩子都會這樣，別在意、別在意！」比利楊拍了拍慧香的肩膀如此的說。

如坐針氈的玉桂則是跳出來緩和其他同學的異樣眼光，說自己沒吃飽還要買點麵包充飢，順便把章琳拖出教室讓氣氛好轉一些。

一路上玉桂只是悶著頭的往前走，沒什麼注意到後方一語不發的章琳露出極為不悅的表情瞪著他，直到發現身後沒有腳步聲跟上的時候，玉桂才回頭發現章琳停在遠處，她正趴在圍牆上看著操場上的嘻鬧的同學們發呆。

「想什麼啊？」

「沒什麼。」

「我知道這樣子做，會有點傷妳的心，但是我們在吃飯，妳在一旁只喝水又不會找話題聊真的太奇怪了。雖然妳肯開始接觸人群，我是滿為妳高興的就是了……」玉桂走到章琳的身旁然後順著她的視線看向操場。

「所以？」

「所以哪怕是演戲，妳吞個東西之後再吐出來也好，這樣至少不會讓人加深的誤會妳……妳想想，對我老爸不也是用那套嗎？」

「我沒多餘的體力做了……我之前對你說過了不是？每吸一次血能維持一個禮拜飽足感，之後便會開始飢餓起來，越來越餓……越來越餓，直到瀕臨控制為止，所以距離上次吸你的血已經一個禮拜多了，現在是我感到飢餓的時候……」章琳俯著頭靠在牆上，僅有鼻息聲說著。

「那妳不早點說！我有的是血，給妳吸到飽都沒有問題！」

04 宿敵

「白痴……」章琳岔笑的一下，接著說：「一個正常的人類，都起碼要花一個月的時間來造新血，更何況是你這特殊人種，而你當初跟比利楊戰鬥的時候還受了傷，現在還處於危險的狀態下，若你現在獻血給我，九成機率會休克死亡喔。」

「但我感覺身體沒什麼事情，而且妳現在也找不到像我一樣特殊的人吧？」玉桂面對著她，張開雙手示意放馬過來的模樣。

「哼，你別忘了我有看穿人們全身血流的能力嗎？別逞強了！而且我也開始厭惡這種身體了，雖然過了快三百年還在抱怨這種事是很丟臉的，但有了繼承者之後，這種想法更加強烈。或許，我只是想讓自己看上去更平凡一點而已。」

微風吹拂著章琳的長髮，在陽光照射下，原本純黑色的長髮看起來有點褐色般少女心的錯覺，卻和讓慘白略為纖瘦臉有種不尋常的對比。

玉桂此時的心裡有些五味雜陳，吸血鬼有著永恆的生命，也意謂著周遭的人事物對自己來說，不過是蒼海一粟，也難怪章琳非常不擅長與人打交道，尤其是和年齡非常小的『他們』來說。但以後呢？繼承之後，那意味著玉桂自己也將面臨這種孤獨感，有著永恆的生命不代表幸福快樂也是永恆的，或許打從心裡如此彷徨不堪，才會讓吸血鬼之魂無法進入到玉桂身上，一直無限延宕著，搞的兩人有些身心俱疲起來。

那天下課後，章琳幾乎沒什麼和玉桂交談，只是很自然的呈現昏睡狀態來保持體力，為什麼身為吸血鬼會這麼排斥自我求生意識，這讓他非常迷惘。就目前情報量來說，玉桂所知道的魔術師都是追求人類無法得到的力量為主軸，不過也有些意外的存在，玉桂想起昨天與比利楊實驗分組時，疑惑般的問了他幾個問題……

「魔術師之間是不是都察覺不到對方啊？」玉桂撐著頭一邊看著實驗紀錄紙問著。

「你問這個真有趣耶！你這小子還滿有意思的，我可以告訴你，當作救命之恩的額外補償，別忘了我已經一命還一命了喔！」

「我知道、我知道。」玉桂顯然不想去計較誰救誰的問題。

「曾經，大約六十年前我翻閱過魔術師的文獻……什麼？你為什麼不會驚訝和質疑我的年齡啊？」

「我身邊也有一個有著近三百年經歷的人啊，所以沒什麼好驚訝的。」

「說的也是。」比利楊假裝操作顯微鏡來避開從他身後經過的老師。

而在另一側的章琳，則是和一位更不善表達的男同學分配在一起，那傢伙看起來像是的動漫狂愛好者一樣，時而自言自語的把章琳當作自己夢中的女主角一樣，讓她不由自主的打了冷哆和噴嚏，剛好是在玉桂他們談到年齡的時候。

比利楊熟練的扳開培養皿，一邊說著：「早年的魔術師可不像現在如此低調，應該說，現在的魔術師已經快和人類一樣了，不僅僅是外表像而已，就連能力也漸漸快要凋零了，這跟魔術師本身有很大的關係。」

「什麼意思？」

「也就是『愛上人類』的這種事情。」

「這種聽起像愛情小說的動機，沒什麼好批判的吧？」玉桂若有所思的說著，他大概知道自己的處境，所以只能單方面的維護著。

「小子，我們關係是有些好轉，但不見得我會對你坦護些，或許接下來的話你會聽起格外諷刺，但也是事實。魔術師們所追求的就是『力量』而已，但也因此揹上神話般的詛咒，直到死去。當然，坊間那些怪談書籍有絕大部分都是那些魔術師後裔所編撰出來的故事，而那些人就是我口中的『雜種』們。」

「這給世人一種念想也不錯啊！一般人誰知道這些鬼怪是真正存在於這世界上的，若不是我自己親眼所見，我也不太相信狼人看到月亮會變身這種說法，所以這點是真的嗎？」玉桂說到語末後有些心虛的望著他。

「這倒是真的沒錯，不過是否野獸化是可以自我控制著，不至於失去理性，但那時會能力大增是肯定的事。不過有些故事敘述沒什麼真實性，尤其是吸血鬼怕光、怕銀器和十字架等，那都是虛構的，多半是那一族們太過低調而且他們極久時間才會找繼承的緣故。言歸正傳，所謂追求的力量，大多來自逼迫的，並不是自願性想得到這種身體，因為魔術師們聞得到『絕望』的味道，而且是預先就可以感受到的，所以他們所說的繼承，不過是趁火打劫罷了。」

「章琳不是這種人。」

「是不是這種人我不知道，畢竟吸血鬼一族太過低調，沒什麼樣本可言。但我可以跟你挑明的說，我這個狼人是被逼迫的，而且是在死過一次後，這能力才繼承上去的。換言之，我們魔術師也被稱為『死神』的存在，因為找上你繼承，也有可能是聞到你即將死去的未來所以才纏上你，並不是因為你身為『雜種』的關係，這應該是你真正想問的事物吧？」比利楊將數據統計好後，將記錄表交到老師桌上，便悠閒的離開實驗室。

玉桂則是沉思了一會，然後抬頭望著章琳安靜的側臉，有些在意的想著那些事。而她當時茫然的側臉竟和回到家倒頭就睡的側臉交會起來，看的玉桂有些出了神。

✣

身為魔術師都是被逼迫的？魔術師其實是個死神？自己即將死去？但自己不是曾經死過一次？這些想法不斷在腦海中侵蝕著，讓玉桂有些痛苦的蹲了下來。許久，感到口渴的玉桂走下樓到了客廳，然後倒了杯茶水坐了下來，而他身後的朧馬老爸只是

04 宿敵

看著電視節目哈哈大笑，像是沒察覺玉桂的到來。

「老爸……」

「哈哈哈……。」朧馬注意力都放在電視上，沒發現有人叫他似的。

「你是魔術師嗎？」

這一刻，原本開懷大笑的朧馬瞬間止住笑容，然後反常般的舉起搖控器轉台著，就像想逃避這個話題一樣。

見自己父親沒有打算回答這種尖銳的問題，玉桂也只好無奈的放下茶杯準備上樓就寢。

「很遺憾，我不是。」朧馬語重心長的說，「你媽媽才是……」

玉桂若有所思的想著，然後才轉過身面對父親說：「為什麼到現在你才肯說。」

「沒有一個父母親會跟自己的孩子說『你是一個特殊的存在』，至少我不會這樣說就是了。」

玉桂不再提問了，因為已經知道答案，問再多也只是徒增自己的煩惱，未來的事就交給未來去處理這便是他的處事態度。玉桂點點頭，轉身準備離開客廳。

「但我不是普通人類，我曾經是個『審判者』，也就是你媽媽的死敵。」朧馬關上電視，就這樣頭也不回的回應著，「樓上的那個女孩我知道她是魔術師，不過她沒什麼惡意，所以我就沒有拆穿她。不過畢竟是自己走過的路，所以我會阻止你們之後的一切發展，就算拼了自己的老命，我也會去做。所以……玉桂，離開那女孩，離開那魔術師對你才是好事，我有方法可以讓魔術師永遠察覺不到你的氣味下離開這裡……」

「我不需要離開誰！未來的事情我遇到了就會選擇承擔，我不想逃避，章琳的事老爸也別拆穿她，至少她現在是跟一般人一樣生活著，沒必要去破壞掉。」

「玉桂你不懂……你……」

「老爸別說了，我累了，明天還有測驗，先睡了，晚安。」玉桂關上客廳的門，接頭低頭沉思著一會，才慢慢走上樓梯。

✣

翌日。玉桂一如往常的和章琳走到教室，但沒想到慧香班長有些緊張的跑向玉桂身邊，著急的說比利楊平時是最早到學校的，今天卻反常的遲到了，而且手機還沒開機，讓她非常擔心是不是出事了，所以才詢問與他交好的玉桂是否知道昨天發生了什麼事。

但玉桂也只是搖搖頭說昨天很正常的道別後離開教室，沒發現任何異樣，還是單純的睡過頭而已？

04 宿敵

慧香也只能自我安慰般的說自己也是這麼想，但一轉身還是走向章琳身邊把同樣的問題問了一遍。不過章琳是公認的冰山美人，不怎麼愛搭理似慧香，只是面露疲倦的倒頭就睡，所以急的像熱鍋上螞蟻的慧香只好說要去找老師幫忙，便跑了出去。

「不過是丟了一條走失的狗，有什麼好大驚小怪的，笨蛋……」章琳偎著臉沒好氣的說著。

玉桂沒有多說什麼，畢竟慧香認識比利楊也三年了，至少說瞭解程度也遠比自己和章琳多些，今天會這麼緊張，可能是出了事也說不定。

到了中午之後，比利楊的位置依舊空盪盪的，慧香也沒了心情吃午餐，下課鐘一響人就奔往教師職員室裡去，說要去詢問老師找的怎麼樣了。

玉桂則是懷著忐忑不安的心情搖著章琳的肩頭，被搖醒的她有點起床氣的瞪著玉桂，讓玉桂以為要被狠揍一頓的伸手防禦著，沒想到換來的只是慵懶的鼻息聲，「有什麼事快說……」，似乎可以說是到了極限的時間。

「……沒事。」玉桂不懂章琳為什麼要這麼折磨自己，明明她所要的特殊人種就在眼前，為什麼要去擔心對方是否承受的住血液提供的後遺症，簡直是不可思議。

他在章琳再度閉上眼睛睡去的時候，趁著同學們沒注意時，從慧香的抽屜取出美工刀朝著手腕重重的劃了一刀，然後把血流如注傷口貼住章琳的嘴巴，另一手用力按住她的頭，強制她吸自己的血。

「唔、唔……」章琳被強制般的灌食，有些難受的發出怪聲，然後沒多久眼球瞬間紅了起來，像是胃口大開一樣的緊抓住玉桂的手腕吸吮著。

玉桂原本以為只是捐血般的簡單，沒想到慢慢感受到心跳加速，而且全身麻木伴隨著盜汗，不僅有噁心的感覺，還有點天旋地轉般的難受。一陣子，章琳的眼球變回原本的顏色，她顫抖的雙手用力扳開玉桂的手，異常憤怒的表情將額頭狠狠的頂向玉桂臉部，「嗚哇」的一聲，玉桂狼狽的跌坐在地上。

「你想死是不是？」章琳的聲音猶如恢復元氣般的尖銳。

四周的同學被章琳突然的吼叫給嚇到，大家議論紛紛的看著她嘴角邊的血痕還有倒在地上玉桂，不知道的人以為是發生什麼糾紛讓章琳咬了玉桂的手，班上頓時鬧哄哄的，有些人還放下便當偷偷的跑離教室深怕遭到波及。

「看樣子好多了不是？」玉桂低頭搖著苦笑般說。

「白痴……真的是無可救藥！」

章琳舉起手抹去嘴巴的血痕，眼角餘光瞄了四周的同學們，然後上前拖著玉桂往教室外走去，一邊看熱鬧的同學們也紛紛趴向窗戶往室外看著。章琳一句話也沒說的拉著玉桂一直走，直到周遭的人越來越少，沒人類的目光感出現，章琳才鬆開了手，

04 宿敵

她緊抓的那部位剛好是玉桂自傷的地方，看起來已經止住了血。

「若不是我即時清醒，你早點一命嗚呼了！你以為我是跟你開玩笑的嗎？我只要開始吸血就會難以控制，一個正常人都要一個月造的血液容量，不是你隨時想給就給，你知道嗎？你到底知不知道這種嚴重性？你會——」

章琳歇斯底里的還沒罵完，玉桂卻緊緊抱著章琳，讓她頓時驚訝的說不出話來。

「你你你你、你幹嘛？別以為跟我撒嬌我就會放過你不說教！」章琳漲紅的臉，雙手不知道要放在何處般地四處亂揮舞著。

「啊……不好意思，沒想到貧血的後勁會這麼強，稍微……讓我靠一下好嗎？」

章琳想著些調侃的話要化解一下自己的尷尬，但是此時卻說不出半句，她慢慢闔上嘴巴，雙手輕輕的按住玉桂頭讓他靠在肩頭上，然後兩人緩緩的坐了下來，就這樣，玉桂輕微的吐氣在章琳的脖子上，讓她呼吸時而急促，時而平和的享受這安靜的時光。

許久後——

「呼……」玉桂輕吐了一口氣，嘴唇顏色也恢復正常些，「現在好多了，謝謝。」

章琳則是緊握拳頭靠著嘴巴輕咳了幾下說：「以後別再做傻事了，這次是個教訓，懂了嗎？」

「我懂，我都瞭解，至少妳氣色好看些了。」

「淨說一些漂亮話……白痴……」章琳撇過頭，有點難為情的說著才突然想起什麼似的，大叫：「啊！我帶你出來是因為我聞到血的味道，是那狼人的血液氣味。」

「真的？比利楊在這附近？」

「喏！」章琳手指比著學校的頂樓方向。

「他在上面幹嘛？」

「誰知道呢？至少我知道他現在是受了傷這點估計沒錯。」

玉桂一聽，面色慌張的朝樓梯口衝了上去，沿途階梯上還留有斑斑血跡，那量雖不多，但也足以讓人怵目心驚，好險平常這裡沒什麼人經過，不然早就造成師生們的恐慌了。

氣喘吁吁的玉桂推開了頂樓的門，便看到比利楊靠在鐵欄桿上一動也不動的，而章琳已經蹲在地上檢查他的傷勢，然後一邊瞇著眼看著玉桂汗流浹背的模樣。

「你這個人真是，好歹也等我話說完，我帶著你上來都可以……別忘了你剛剛還獻了血給我，身體還虛弱的很！」

「是……我忘了妳是魔術師可以用法術飛……呼呼……所以，怎麼樣了？」

「應該沒什麼大礙，雖然是很重的傷，手筋腳筋斷了差不多，不過狼人自我治癒的能力滿出色的，沒多久就能恢復過來，雖然還是比我們吸血鬼一族差一些，至少這

04 宿敵

點傷死不了的，只是暫時沒辦法行動而已。」

「還有意識嗎？」玉桂走上前俯身看著。

「看樣子是睡著了，我叫醒他問看看發生了什麼事。」章琳話話一說完，便舉起手賞了比利楊一個巴掌。

啪——的一大聲，在空曠頂樓出現了迴音。

「唔哇！妳幹嘛啊！臭八婆！」比利楊驚醒的瞪著章琳吼著。

啪——的又一聲，在空曠頂樓又出現了迴音。

「嗚！妳到底幹嘛？臭女人！」比利楊驚恐不解般的望著眼前的章琳。

啪——的再一聲，在空曠頂樓出現了迴音。

「那個……請問您有什麼事？在下是可以回答的……」比利楊語調怪里怪氣的回答著，終於像是知道自己目前處境似的。

「早該如此說話還比較中聽，關心你難不成還要給你罵？」章琳白眼說著，讓一旁的玉桂憋著笑意。

「唔……」比利楊把頭轉向一邊擠眉弄眼的才嚥下這口氣，然後回過頭看著他們說：「你們是想問我發生什麼事了吧？」

「確實，慧香知道你不是一個會無故未到校的人，還緊張的四處打聽你的消息！」

玉桂急忙解釋著。

「我猜是審判者做的吧？」章琳拎起比利楊目前無法動作的手臂看著傷疤，那眼神像是在魚市場挑魚一樣。

「是啦！是啦！麻煩妳不要再趁火打劫了！」比利楊額頭冒著青筋沒好氣的說。

審判者……玉桂想起父親提到自己曾經也是，而且以前章琳也提到過這名詞，當初還不以為意的覺得是某種魔術師暗語，沒想到竟是個與魔術師為敵的職業，玉桂雖然已知曉但也無法告訴大家，畢竟那是自己的父親。

「哪種類型的審判者啊？竟然會把你傷成這樣？簡直把你當成牲畜來看。」章琳拎完手臂後，又拎起腿看了看。

「遠距離的審判者，對我來說非常棘手，而且對方不止一個人，總共有三位，一位還是極稀有的『障壁審判者』……」

「難怪，你竟然也會在近戰廝殺中得不到便宜，原來對方有這號人物在，虧你平常還自傲的說要挑戰他們，現在吃到苦頭了吧？」章琳鬆手將比利楊的腿高高落下，讓他瞬間痛到說不出話來，只剩糾結在一起的五官和眼角下的餘淚。

「你們所說的審判者，真的有那麼厲害？」玉桂如此問著，在心中最大的疑問，也是想知道父親曾經的那個職業。

04 宿敵

章琳點點頭說：「當然厲害！兩年前好不容易逃到這裡，想說可以安穩的過個好幾年，沒想到竟然這麼快就找上門……」

「你看這小子一定不懂什麼叫『審判者』，我跟你說明吧！」比利楊看著滿臉狐疑的玉桂說著，「所謂的審判者，就是你們這種身上流著一半人類一半魔術師血統的半吊子，也就是雜種的存在，雖然他們沒有與生俱來的能力，卻能使用從死去魔術師身上提煉出來的寶具，並能毫無限制般的使出原生魔術師的能力。當然，那並不是無敵的，因為肉體強度和正規的魔術師比起來還差了一大截，但是他們卻利用與魔術師之力背道而馳的『科學力』來彌補自我能力不足的地方，也就是所謂的『遺傳性基因改造學』，靠注入從寶具萃取的物質來改善貧弱的體質，便依此操作這項能力；就算因為和魔術師戰鬥而將寶具損壞掉，也能再度以別樣寶具注入身體，無阻力般的使用下去，除非是審判者本身死亡，不然他們會像蜜蜂一樣前仆後繼攻擊你，直到被狩獵者死亡為止。」

「原來如此……但是所謂的『寶具』又是什麼？」

「寶具就是最原始初代的魔術師一生追求的東西。」章琳補充的說道，「繼承的的魔術師才能使用它，而它們有可能是武器、物品還是虛幻的個體，最能反映出各個魔術師的潛在能力，雖然強大但是卻不能示於眾人面前，因為一旦被發現其弱點曝光時，那這位魔術師就沒有任何條件存活於世了，不是被同行殺死，就是被審判者們做成武器使用，就是這麼可悲。」

「……」玉桂頓時啞口無言，有些同情似的看著他們。

「不需要，」章琳伸手阻止他那善意的眼神，「我們不需要同情！即便如此，我們還是擁有壓倒性的力量，就算對方數量遠勝我們，無法與之對抗時，我們也有餘力可以逃走，絕不會落在他們手上，這點你就放上十二萬點的心吧！」

比利楊也向玉桂肯定的點點頭，表示不用過度為魔術師們操心。

章琳之後便把照顧比利楊的事情丟給了玉桂，自己則下樓去學校附近埋藏偵視結界。據她說明，這是用來辨認是否有審判者偽裝成學生或是老師們進入學校裡，好做下一步的防範。

「午休快結束了，小子你先回去吧。」比利楊上半身已經恢復了六、七成，已經可以用雙手撐起身子坐了起來，「記得幫我跟慧香說，我只是感冒而已，別擔心。」

「這是當然的。」

✣

下午課間結束前，章琳一邊枕著頭看著課本，一邊輕聲自言自語的說「來了」，雖然玉桂當下馬上明白她所說的是什麼，但是現在還在上課期間，不能這麼張揚的去

04 宿敵

跟比利楊通風報信要他趕緊逃命，只能焦燥的來回跺著腳。

章琳則是看了玉桂慌張的臉龐，對他使了眼色後，便舉起手跟老師說自己生理痛而且疼痛到不太能走路，需要有人攙扶她去保健室，然後就順理成章的望著玉桂。

「我？」玉桂指著自己，想確認章琳這藉口真的是要把他拖下水的意思嗎。

全班同學忽然一起齊聲鼓譟著，連老師也沒有多問些什麼，便讓玉桂他們離開了教室，原本還裝作面容憔悴攙扶著玉桂肩膀的章琳，一離開師生們的視線後，馬上面色嚴肅的拍拍他的肩。

「你先去找那狼人，然後叫他趕快隱匿氣息，悄悄從學校後門走。我先去引開他們——」章琳眼神示意著玉桂往校門口看過去。

那裡出現了二男一女西裝筆挺的人和校門警衛聊天著，手裡拿的像是公事包的東西，似乎是偽裝成政府的稽查員模樣想進入學校裡，那兩個男人還四處張望著，像是在尋找些什麼，就當快要與玉桂視線對上時，章琳纖細的手腕按住玉桂的頭俯了下去。

「別跟他們對上眼睛，現在的你跟他們對到眼的話，馬上就會被他們知道你身邊有什麼異狀，因為你不擅長偽裝自己。」章琳輕聲的說著，然後拍拍玉桂的背示意著他快去。玉桂還來不及跟章琳說要她小心一點時，她就已經消失在玉桂的視線內。

此時玉桂俯著身子拔腿狂奔著，深怕被校門口的兩個男人抓到。他挨著牆邊鑽進樓梯的死角，然後偷偷觀察著校門口的動靜，那女人像是已經持證件換好證似的向警衛大哥鞠躬哈腰，之後便態若自然的走進學校，身後兩個男人也乖乖的跟在後頭，顯然這女人是這三人之中的領導者。

玉桂趕緊撇過頭朝著學校頂樓跑了上去，他推開的大門看到比利楊正盤腿打坐般的休養著時，露出著急的語氣輕聲喊著：「比利楊你可以行走了吧？章琳要你趕快從後門逃走，記得要隱匿氣息！」

「審判者來了嗎？」比利楊緊皺眉頭睜開了眼睛，「你們有看到是誰嗎？」

「兩男一女拿著公事包從校門口走進來，章琳說是要先引開他們，要我們先逃再說。」

「呿！那個笨女人又在給我逞強，這種事情不需要她來操心，我可不想欠她什麼人情。」

比利楊吃力的站起搖晃的身體，玉桂見狀馬上上前將他的手搭向自己的肩膀，然後說：「現在可不是你們兩個人鬥氣的時候，你不想被那些人做成你們口中所謂的『寶具』時，就該好好的配合章琳所說的戰術不是嗎？」

看著玉桂堅定的臉，比利楊也不好意思多說什麼，只能勉強的點頭答應著，然後搭著他的肩一跛一跛的往學校後門逃了出去。

04 宿敵

學校原本以前是個老舊建築，且無法容納近千人師生們，所以近幾年興建新舍時，這已經荒廢的舊學校就被擱置在這裡，僅用高圍牆和不鏽鋼大門隔離住，不讓有心人士進入裡面而造成危險，也被在校學生稱為鬼地方，至今還沒有人再進去看過。

「不曉得警衛室的監視器照得到嗎？」

正當玉桂側著臉觀察圍牆動靜的時候，比利楊隨便撿起一顆石頭，輕鬆彈指一出，那監視器就應聲碎裂零件掉落一地。隨後比利楊的指甲朝著大門的鎖鏈一劃，鐵條就成了一堆廢鐵掉落在冰冷地面。沒了這些阻礙，玉桂朝著大門輕輕一推，便來到了學校後門——「舊校舍舊址」。

「那女人是要我們躲在這鬼地方，還是要避開普通人的耳目尋求開戰時機啊？」比利楊有些不悅的說著，但是他的本能依舊存在著鬥爭的血統，時時刻刻找尋著地上有用的武器和有利的地點。

「章琳沒說其它的，總之就交給她吧，我們等著就是了。」玉桂有些掛心的說著。

啪噠——就在他們目光放在大門同時，上邊一陣血色霧氣飄了進來，接著化為人型，輕輕落地的章琳一邊整理著裙子一邊站起身說著：「剛才跟他們打過了照面，馬上就會跟來這裡了。」

「我們不逃嗎？」玉桂轉過身驚訝的說著。

「不逃。」章琳搖搖頭說：「我們逃不過那些審判者的，我們魔術師能做的就是降低自己的危險程度，避免牽扯到普通市民，基本上就不會被這城市的審判者們列入優先討伐對象……」

「那為什麼審判者會找上門呢？」

「是我的血跡引來的吧。」比利楊扭著頸部如此說著，像是準備好開戰似的。

「可能吧……但也有可能不是，除非最近你有什麼事做的不夠俐落，才會吸引他們到來也說不定。」章琳瞇著眼冷冷的說著。

「也好，我在這個城市沉寂了三年，很久沒有大開殺戒了，昨天晚上竟然偷襲了我就算了，今天他們執意要侵門踏戶，就別怪我手下不留情了！」比利楊瞬間變身成獸化型態，幾近要火力全開拼死一博般。

「章琳、比利楊聽我說，就不能不要鬧出人命嗎？擊退他們就可以了，沒必要去殺了他們引來更多仇恨吧？」玉桂張開雙手擋在他們面前。

「說什麼傻話！」章琳鄙視的臉看著玉桂罵著，「你不懂，這是我們幾百年來的宿命，如果真碰到了對方就不得不開戰，不過你放心，我對殺人這種事沒興趣，快三百年也沒有破過這個誓言……但是站在你身旁那位殺人如麻的狼人，可就說不定了。」

04 宿敵

「誰殺人如麻？我也是挑對象的，沒有魔力的普通人類不是我下手的目標！」

看著臨陣之前還能鬥嘴的章琳和比利楊，讓玉桂頭疼起來，但心裡也希望眼前的這兩位好朋友能夠待在自己身邊，不管等下戰況如何，能幫上一點忙的一定會拼了命去做，玉桂像是下定決心般的在心中吶喊著。

鬥嘴歸鬥嘴，但兩人還是擬定了計畫給對方，比利楊負責衝鋒及破壞，章琳則是中距離擾亂和支援順便保護玉桂別受到波及。按照計畫抵定位置的兩人相互點了頭，集中精神的望著大門口，玉桂則是撿起路邊的生鏽鐵棍防身，然後靜待門邊的動靜。

許久，大門緩緩的被推了開來，但是卻感覺不出門邊有人，應該說推開門的力量並不是使用人力，而是某種東西擠了進來，就連大門的門栓和門板都被擠壓到變了形，足見那不知名的力量有多強烈。

喀、喀、喀……輕盈的高跟鞋聲悠悠的踏了進來，映入眼簾的是一位短髮的女性，五官非常細緻，像是模特兒雜誌看到的那般令人訝異，雙耳戴的是那種像是公車拉環的銀色耳飾，加上她高眺的身材和那西裝裙下露出白皙纖細的雙腿，讓人無法置信眼前的女人擁有與魔術師匹敵的能力。

她左手提著公事包擋在身前，右手像是施力般的橫在胸前，雙眼如同老鷹般的看著門後的三個人，嘴角看起來有些令人膽寒的不屑感，似乎是帶著非常憎惡的心情來面對魔術師們。

「特地吸引我們注意還沿路破壞監視系統，看樣子是準備與我們決戰的意思了。」短髮女性如此說著，提著下巴有點高傲的看著章琳他們。

「我們既不想逃也不想躲，如果你們堅持要這麼做的話，我們也必須拿出與命相稱的實力來抵禦你們！」章琳雙眼通紅不甘示弱的說著。

「與命相稱？確實是有，不過那是很早以前，現在我們審判者對付魔術師們不再是五五波的機率，而是壓倒性的優勢，妳這位過時已久的古代種吸血鬼是否太過自信了點？」

「少跟她廢話了！章琳，對方就是障壁型審判者，任何攻擊在她面前都是無效的，只要專注找出她身邊的兩位打手位置即可！」比利楊左腳往後踩穩，準備衝鋒出去。

「盡量去鬧吧！」章琳點點頭說著。

「掩護我！」比利楊一吼完，便衝向女性審判者身邊。

原本玉桂還猜不透比利楊想做什麼，因為明知道自己說過攻擊對那女性審判者無效，那為什麼還執意衝過去，但下一秒卻馬上瞭解比利楊是利用本身腿力往前方地面上鏟了一陣灰濛濛的沙土，製造藏身的效果並掩蓋攻擊的意圖，來換取對方放鬆警戒心解開障壁的瞬間。

04 宿敵

正當漫天風砂飛舞的時候，圍牆兩側的地方飛躍出兩位男性審判者投擲利器過來，像音速般的射向塵埃裡面，結果只聽到利器硬生生刺穿玻璃的剎剎聲響，所有的攻擊被章琳的血牆化解掉了，雖然防禦效果沒有想像中的好，但有足夠時間為比利楊爭取機會，他挨近的女性審判者的位置，並沒有朝著那障壁攻擊，而是往地面上舉起蓄力的右手，使盡全力般的轟了下去——

轟隆——

一聲巨響讓玉桂不由得要摀起耳朵避免耳鳴，而且伴隨而來的是不小的地震波讓人完全站不住腳，玉桂因此還重心不穩的跌了四腳朝天，就連想要使力翻身都做不到，畢竟沒有施力點且地面還如此的晃動，猶如大地震一般。

這真正的力量才是魔術師應該有的嗎？玉桂如此心中疑惑著，難怪會有人想去追求這種東西，就算擁有致命般詛咒也會讓人一心一意不計代價拿到手。

「咳咳咳……少尉妳沒事吧！唔哇——」其中一位男性審判者撥開的煙霧，朝著比利楊攻擊的方向跑過去，然後被隱密氣息的章琳用血刃斬掉了雙腳腳踝，失去立足的肢體，那男性審判者前撲倒在地唉嚎著。

章琳睥睨了倒在地上的男人一眼，便跨過他的身體繼續找出另一個攻擊手，似乎是打著破壞掉對方的弱點就置之不理了。不過會隱匿氣息並不只有魔術師們，另一個男性審判者瞬間從煙霧中衝出，轉開手中的公事包朝著章琳刺了過去——

「可惡！妳這個令人厭惡的魔術師呀！」男人的手中的公事包瞬間變化成一把金光閃閃的長槍，狠狠的刺穿章琳的側身，原以為這樣的攻擊能阻擋一些時間，沒想到嘴角流著血的章琳將身體幻化為血霧，從男人手持的槍中騰空飛了起來，然後只聽到金屬的落地聲和血塊落地的聲音，男人跪地看著兩隻手腕掉落在地面上不斷痛苦的嚎叫著。

這般激烈的戰鬥慘況讓玉桂頓時嚇傻了，原以為兩方人馬只是給對方下下馬威見見血就會收手了，沒想到竟然做到這種地步，像是有著深仇大恨般的。

「玉桂……你先離開這裡……快……」血霧在玉桂面前化為人型，章琳側身還留著一大塊窟窿，依稀可見她的血管還在自我修復中。章琳虛弱的將玉桂從地上拉了一把後，便失去重心的單膝跪地說著話。

「妳說什麼傻話！要走就一起走！」玉桂上前準備將章琳抱起時，一陣莫名的風壓將玉桂震退了好幾步，感覺離章琳越來越遠。

而那風壓也將比利楊創造的塵土一吹而盡，視線的盡頭停留在不遠處的滾滾石壁中，原來剛才那場地震儼然已經把玉桂他們所在的地基轟掉了一大塊，現在所有人都跌進了這塊偌大的盆地裡，一般人既逃不出去也無法向外求援，猶如一座天然的羅馬競技場一樣。

但墜落的痕跡僅到那女性審判者的腳邊為止，其餘的強大力量都被擋在她公事包的前方，絲毫沒有打穿的跡象。

「你們若認為這樣可以殺得了我的話，就儘管放馬過來吧！」女性審判者的額頭留了一道鮮血下來，看樣子障壁是阻擋得了攻擊，但是自己的肉身就沒有如此強大的抵抗力。

沉著臉的比利楊收起了轟向地面的拳頭，緩緩的站起身，正準備蓄力朝著障壁做捨命攻擊的時候，女性審判者變化了手勢，將雙手提著公事包由內而外的推了出去，一瞬間強大無形的力量將比利楊推向盆地最邊緣，用力的擠壓讓比利楊完全無法反抗且死死的卡在無形的壁與石壁之間，就連四肢都有些變形了。此時，比利楊早已昏死過去。

直到沒了反抗能力後，那女審判者才放鬆了身體。

比利楊從石壁中滑落下來，一動也不動的躺在地上。

「比利楊！」玉桂大喊著，整個人頭腦一熱，不顧危險的朝著他跑了過去。

「傷害我同伴的這種苦痛，我也會讓你們嚐嚐的！」女性審判者這時候才解開她手中的公事包，原來這障壁不過是她其中的能力之一，最危險竟是手中的寶具還沒解放出來。她翻轉了公事包然後打開鈕扣，原本外觀平凡無奇的包包開始變幻，有粗有細的黑線條非常分明整齊劃一的自動組合起來，就像是把一個微型機器人裝在裡面似的，讓玉桂不僅楞住而且感覺得到一絲冰冷的危險傳來。

那五秒鐘的變化已經讓那女性手中多了一把弓出來，但卻是沒有箭矢的弓，豈不是多餘的動作嗎？

女性沒有任何遲疑，握緊的右手拳頭靠了額頭一下後，張開的食指、中指和姆指扣在弓弦上，緩緩的往後拉滿弓，直到手臂激烈的顫抖著，如同一匹猛獸在她手心的牢籠般蓄勢待發的模樣。

「覺悟吧！億萬之箭——」那女性高亢的聲線在玉桂大腦迴盪著，猶如人生跑馬燈。

剛才的風壓又即將襲捲而來，可以化為無形無敵般的障壁，現在亦可化為無數數不清的箭嗎？玉桂自知躲不掉此次危險了，放棄般的站在原地，希望自己的肉身可以為後面兩位好朋友擋住一些傷害。

「白痴……不是叫你好好的逃離這裡嘛！」章琳的聲音從他身後傳來。

玉桂還來不及反應時，手臂被章琳硬生生的拉扯住，朝身後安全的角落飛了過去，他的目光停留在章琳有些捨不得的眼神上，那像是離別般才會露出的神情，為什

04 宿敵

麼要表現出那種情感呢？玉桂如此在心中想著。還來不及化為語言說出時，章琳已經回過身對著女性審判者喊出「血之魔方」，全身化為血液全部放出到空氣之中，然後只看到無數如同彈孔般的東西射進散佈空中的血液中，但是卻射不穿反而像橡皮筋一樣的將力量吸收下來緩衝了無形箭矢的威力。直到那紅色血液被拉長到一個極限停了下來。那靜止不動的瞬間，女性審判者已經知道大事不妙了，趕緊將弓橫擺在胸前，立即釋放出障壁來守住接下來的這波反噬力量來臨。

一瞬間那血液開始像彈弓一樣將包覆的無形箭矢反射回去，無數的火花和塵挨如同擦邊球似的劃過女審判者身邊，顫抖的雙手和那已經到了極限的身軀，流了一道鼻血的她，撐過章琳的反噬之後便倒地不起。

在那之後，空氣中的血液集中到了一點，然後化為人形的章琳腳步踉蹌的走了幾步，也往前倒了下來。

「章琳！」玉桂衝上前扶起了她的肩膀，這才發現章琳已經全身都是傷，密密麻麻的箭孔，無數的血液染紅了深藍色的制服和那蒼白不堪的臉龐，失去光澤的嘴唇，快沒有意識的眼神望著玉桂。

「……一直讓你插手……我們魔術師之間的戰鬥……不……不應該是這樣的，理應是……是我要保護你這位繼承者才對……我……沒事的……」章琳像是安慰玉桂的話還沒說完就失去意識了。

「章琳！章琳！誰……快來人……比利楊！比利楊你人在哪裡啊！」玉桂眼看著章琳倒在自己懷裡，緊張的瘋狂呼救著。

而被碎石掩埋住的比利楊聽到了呼喊，清醒後撥開身上的石塊，他望著滿目瘡痍的景象和倒在玉桂懷裡的章琳，制服和裙子已經分不出原色，全都是血和傷孔。一把眼淚一把鼻涕的玉桂呼喊著，比利楊終於回過神來站起了身走向他們身邊。

「怎麼辦？章琳好像沒有在自我修復，她是吸血鬼不是嗎？不老不死之身不是嗎？」玉桂哭喊著。

「這世界上並沒有所謂的無敵不死之身，再厲害的人也抵擋不了致命的攻擊……」比利楊蹲在地上量著章琳頸部的脈搏說：「還有得救，不過是作為人類的那種救法，必須送醫院止血才行，吸血鬼是靠血液存活著，沒有血液就會灰飛煙滅的。讓我來吧！」

比利楊從玉桂懷中抱起了章琳，準備不惜代價用著自己狼人的腳力將章琳送進城市的醫院。

縱身一跳，躍出深坑的比利楊卻對眼前走過來的人震驚到，一雙修長的腿配上那髮尾捲翹的模樣，讓男人無法忘記的倩麗身影……

「艾……達？」爬出深坑的玉桂第一眼看到站在他們眼前的女人如此驚訝的說

著。

「嗨，我從剛才就一直注視著你們的戰鬥喔！太精采、太棒了——」

「我現在沒空跟妳交手，九尾妖狐！給我讓開！」比利楊惡狠狠的瞪著擋住去路的女人。

「別那麼冷淡，好歹我們都是魔術師，可以把她交給我嗎？」艾達似笑非笑的臉說著。

「怎麼可能交給妳這種人！比利楊我幫你爭取一些時間，你趕緊送章琳去醫院吧！」玉桂上前擋在他們之間。

「別說傻話！一個區區人類別干涉魔術師之間的事。」

「咯咯咯——」艾達見此情景笑了出來，「別誤會，我是真的要救你手中的那位女孩。當然，這是我那位搭檔的意思，而且他有意願和你們坐下來好好談談，不知兩位的意願如何？」

「會不會……」玉桂小聲的詢問著比利楊。

「我們沒時間猶豫討論了。」比利楊越過玉桂身邊，對著艾達說：「好！我們跟妳走，快帶路吧！」

「好的呦。」艾達誇張般的彎腰挺手像是在說請跟我走的意思。

05 回放

十七世紀初，被稱為『巴洛克時期』，那時候也是殖民主義至上的時代，母親曾經跟我提過自己的身世，我來自哪裡，不過那時候既沒有想像的時間也不曾構築過那種畫面。

東洋到底是什麼地方，我完全記不太起來了，只記得當時還小約四、五歲的時候，連同母親一起被人口販子擄來送進一艘歐洲的商船裡，途中歷經了約二十幾天的海程才下了船。

當那群商人打開船艙的時候，裡面已經滿滿的嘔吐物和屍水，裡面運來的奴隸已經死了三分之二，活著的人不是喝尿就是吃死人身上的肉活下來，完完全全被當人畜看待，已失去活力的奴隸們被帶下了船，馬不停蹄的運往集中營去販賣。

當時關進牢籠裡的人們來自世界各地，髮色的不同，瞳色的不同，膚色的不同，大家說的也都是不同的語言，唯獨相同的是眼神，大家都是慌張、恐懼和不安。

接連幾天各地的行路商人都會過來挑奴工、家傭或者是性奴隸等等。我們既沒有否決的能力也沒有選擇雇主的權力，任憑自個的運氣，母親因為臉蛋姣好，被窯窟的老鴇看上，被帶走前大哭的抓著我不放，不斷比手劃腳的要他們也一起帶上我。最後，

05 回放

我成了窯窟裡的童工。

每天做的事，除了打掃房間、洗衣物那些雜事，晚上母親和那些姊姊們上好妝就是不斷的接客工作，小小年紀的我們就是幫忙上茶、送熱毛巾和水盆進去給完事的客人使用，日復一日的到我漸漸身體抽長起來。

有一天，母親淚流滿面的用不太流利的語言跟老鴇吵架，但是依然改變不了什麼，母親被關進反省室，而我被老鴇喚了進去。那銀白色頭髮的老女人起身不斷打量我的身子，隨後還動手摸了我身體上下，讓我受了不小的驚嚇，然後滿意的眼神對著身旁的男人點了點頭說著大概是「可以接客」的意思，頓時我全身發冷，四肢完全不聽使喚。當晚，一位熟練的姊姊教導了我初次接客的應對和那不堪的行房方式，便讓我進浴室好好盥洗一般。

最後因為太害怕了，我趁著換衣服的時候偷偷從窗戶爬了出去，一路上頭也不回的跑著……跑著……身後有許多的人拿著火把一路上跟了過來，發瘋似的喊著，「不出來就殺死妳母親」的話。

我猶豫害怕的蹲在草叢裡不敢出聲，大群男人拿著棍棒不斷撥弄著草堆，慢慢靠了過來，而身後另一個人影越來越近，一把大手抓住我冒冷汗的手心，就往山頭的方向跑過去，依稀還聽得到後方的人們不斷追過來的喊叫。

跑到我已經沒力氣再跑的時候，男人將我抱了起來繼續往前跑著，直到後方沒了任何聲響，我們才停了下來。那男人氣喘吁吁的與我彼此看著對方，月光也在這時露出了臉。映照在我眼前的竟是一位英俊的大叔，說長不長的金黃色捲髮，在月色下顯得特別亮麗，刮不乾淨的落腮鬍和那深遂的藍眼球……

「沒受傷吧？」男人如此問著。

我點點頭表示沒問題，然後試著說話，但對方似乎聽不太懂，畢竟語言部分沒人好好教導我們這些奴隸，只能單方面的觀察現學現賣，能勉強溝通一點就不錯了。

「不用勉強自己說不懂的語言，有時候用手勢也能交流的，是吧？」

我點點頭。

「我叫德古拉，鎮子上的放牧人，剛剛看妳被一群男人追著，想必是從那窯窟逃了出來的吧？我來到這裡的這些年幾乎每幾週都會上演這種戲碼，早已經見怪不怪了。所幸我將救到人都帶到這裡，然後由她們決定要去哪裡，間接還她們自由之身如此而已……」男人擤擤鼻子不好意思的說著。

他說的話我雖然都聽的懂，但是依然不敢想像自己可以擁有自由，而且母親還在那裡面，如果我逃走的話，母親就必死無疑。我向他點頭表示感謝，腳步依然朝著窯窟走回去。

05 回放

「為什麼……妳要回去那裡地方呢？」

「媽……媽媽……」我試著說出那艱澀難懂的語言，一邊流淚回答。

男人楞住了，他沒想到我還有著放不下的事物，他上前摸摸我的頭，說願意試著救出我的母親，要我留在這裡等他佳音。

四處昏暗的蟲嚇聲，讓人害怕到無法待在這裡的一分一秒，所以我又跟了上去，牽上他的手搖著。

「跟……跟你……一起……」

男人驚訝的看著我，然後才露出淺淺的微笑說著：「那要跟緊喔，不能離開我身邊半步。」

下山的時候，已經是清晨時間，光線和露水微微透進我那單薄的衣服裡，他見我打了冷哆，喊著抱歉的將身上充滿菸味的褐色外套披在我的肩上，那是我第一次感覺得到人們是有溫度的，那個的熱度已經超過想像……

當我心存著一點希望的時候，窯窟的大門前佇立著一根木頭，隱約的還看得到一個人掛在上面，一動也不動的。我心裡一沉，滿腦子都是不好的預感，我不想因為自己而帶給別人的不幸，尤其是身邊的這位大叔，我無法將他牽扯到這場仇恨的螺旋裡，他是善良的。

只是這時代的偽善者太多了，其實逃出去的姊姊們的下場我時有耳聞，不是餓死在街頭，就是依然用身體換一頓溫飽，周而復始……十之八九的人還是會選擇回到這裡，至少這裡出賣身體還能溫飽和微薄的薪水，下了崗位以後，大家還能聚聚聊著外界事非，所以就這樣吧……

我抬起頭淚眼婆娑的告訴他：「回……回去吧，請……你回去吧……」

大叔，我選擇妥協認命了，母親都這樣咬牙苦撐下來了，我為什麼不行，不過是身體被男人們玩弄而已，沒什麼大不了的，不是嗎？

「拜託……你……走吧！你什麼也……給不了……幫不了我的……」

大叔眼神疑惑的看著我，可能表達的不是那麼清楚，但是那意思像是到了位，他有些喪氣般的低著頭，然後有些失落的轉頭就走，沒有留下任何言語。

我傷了他，我的心像是被撕裂一樣難受，或許他也是如此吧……

「拜託你們……拜託……放、放了我媽媽……」我跪在大門前面哭喊著，那時候正是烈日當頭，地板很燙，我顧不了自己是否燙傷了皮膚，而是母親被綁在上頭滴水不進，已經出現脫水的狀態了。

「為什麼……妳為什麼要回來……妳這白痴女兒……」母親憤怒的語言我完全聽不進去，我無視般繼續朝著門內磕頭認錯，請求老鴇的原諒。

05 回放

大約一個小時後，老鴇才悻悻然的走出來，後面還帶著所有窯窟的姊姊們出來觀賞餘興節目，然後一副趾高氣昂的瞪著我說：「不是要逃？幹嘛又回來呀？不是都想清楚才跑的？怎麼常常一個個的跑了又哭求的回來這裡？還是你們把這裡當作自家大門，想來就來，想走就走？」

「我錯了……我願意、我願意接客了，放過……放了我媽媽吧……」我不斷比手劃腳喊著哭著，乞求她的寬恕。

「今天，我就要在這立個規距，凡事擅逃者就連同寢室的關係者一起處罰，我看妳們還敢不敢拋下一切逃出去，如果真的是一切都不想要，我就會把所有妳們在乎的人、事、物都毀掉。從現在起，妳就好好看著的妳的母親是怎樣被妳害死的！以後還有人再犯，比照辦理！」老鴇說完便轉頭就走，只留下幾個彪形大漢顧著門口。

幾個姊姊議論紛紛，誰都不敢得罪老鴇，更沒人敢去說情求饒，就算我磕破了頭，也沒有得到任何援救。母親最後一句話也沒有留下，就在曝曬中暴斃身亡。

我成了害死我母親的兇手，大家鄙視我也深怕被我連累到。在把我關到反省室的幾十天裡，沒人來看過我，就連我也放棄了活下去的意志，連飯也不想吃了，活活餓死也比每天在反省室被人毆打教育著還好太多了，至少那是有尊嚴的選擇死去。

「自由不好嗎？」

此時頭頂上方的鐵欄桿窗口傳來了德古拉大叔的聲音，我緩緩的抬著頭，用著所剩無幾的力氣說著：「如果……沒有拘束的話……那才是真正自由，不是嗎？」

「所以，妳是在怨我沒有還妳一個真正的自由嗎？」

「不，這是……命運。」

「這個說法我常常聽到，人們總是不去付出和實現，只想把自己認知上覺得做不到的事稱作命運，把一切都推給這個藉口。事實上，沒有什麼東西是命運可以決定的事，只有妳自己可以在天秤上做出決擇，權力是在妳身上的。」

「大叔，就算是你也……也改變不了的，整個國家存在著太多不幸，就連我從前的故鄉也是那個模樣。或許你花一輩子的時間可以幫助不少人，但是主宰命運的神準備發難於世的話，你也沒有辦法去拯救所有人……」我垂頭喪氣一直說著，也不管對方聽不聽的懂了。

「雖然我大概了解妳的意思，但我從來都不相信『神』的存在，如果祂真的存在的話，妳等著，我會殺了祂給妳看。」

這番話讓我疲倦不堪的眼皮又再度睜了開來，嘴角不自覺得上揚起來，「大叔……我會一直等著。」

「不！」外頭德古拉大喝一聲，「不需要等待，我現在就帶妳對抗命運之神！」

05 回放

一道赤紅色的鞭子劃破反省室外牆，一手將虛弱的我扛在肩上的大叔，看著守門大漢慌張開門進來的驚訝模樣說：「我既不會逃也不會躲，你們這群雜碎放馬過來吧！」

面對著眼前雙眼發紅的男人，窯窟所有保鑣如同飛蛾撲火一樣，一擊殞命在德古拉的武器下，有些人好不容易近身一點準備展開攻勢時，就被他尖銳無比的虎牙撕裂頸動脈後倒地不起，而四周的建物也遭受到魚池之殃，東倒西歪野火燒燼，到處都是逃命的無辜人群，恐懼的聲音此起彼落。

眼看著圍在老鴇身邊的保鑣越來越少，我的心情也隨著希望而重新燃起了仇恨，「德古拉大叔……幫我殺了那個人，事成之後……我會將自己奉獻給你。」

殺紅眼的德古拉一看到我所指的方向，立刻拔腿飛奔過去，讓黏在身邊如同蒼蠅的保鑣大吃一驚，誰也來不及阻止眼前發狂的怪物朝著老鴇衝了過去。

四周的血液集中在德古拉的右手指端上化為刃器，筆直的刺向老鴇身邊。而在此時，一把大斧從德古拉身側劈了過來，躲避不及的他連同我一起倒地滑行了近百公尺遠。

我用盡力氣撐起身體看著數十位穿著黑色西裝的人們擋在幹道上，也就是說現在想逃跑是不可能了，更別說是報仇了，那些人看起來非常強悍的模樣，反而面臨絕望的是我們了。

「怕嗎？」德古拉大叔從瓦礫中爬了起來，毫髮無傷的扭著自己的脖子，然後對著身旁的我問著。

「……一點也不。」我發出細小的聲音後，覺悟般的瞪著眼前的人們，直到多到數不清的黑衣人衝了過來，還來不及記住大叔英勇的戰鬥畫面時，我便感覺得到胸口一陣炙熱，像是某種鐵器貫穿的心臟，接著眼前一黑就失去了意識。

✣

咚——

咚——咚——

一陣冰冷的東西敲醒了我，我睡臉惺忪的睜開了眼，看著模糊的景象，一片綠壓壓的草葉隨風搖曳著。

「妳醒了。」一旁傳來德古拉大叔的聲音。

我轉過頭看著身旁和我一樣躺在地上的德古拉，他看起來憔悴了不少，全身傷痕累累不說，就連頭髮都白了，如同一位暮色將至的老人一樣。

「你怎麼了？」我驚訝的問著。

「我，完成了我的使命了。」

「使命？」

05 回放

「我找到我的繼承者了，而那個人就是妳。」

我吃驚的從地上跳了起來，還來不及消化德古拉的話時，便發現自己的身體變的非常輕盈不說，還感受得到原本存在於大叔腦中的所有知識和語言全部出現在腦海中，像是快速翻閱書藉一樣。

「現在妳可能還不習慣自己的身體，不過再一陣子就能駕馭得住了。對不起，雖然妳說過，完成願望之後要把自己奉獻給我，但是還沒達成目標前，妳卻已經沒了氣息，我辜負了妳對自由踏出的那一步，所以這條命我還給妳。但是，現在還來不及教導妳些什麼的時候就要死去了，我還真是一位失格的魔術師……」

「所以大叔……你把命給了我？為什麼要這麼做……為什麼？」

德古拉伸手摸摸我的頭說：「我活夠久了，經歷了無數的歲月，對我來說已經足夠了，而妳，十幾歲的孩子，卻要體會人間黑暗的一面直到死去。妳曾說過被拘束的自由不是真正的自由，所以我想糾正妳這句話，就算我以人類姿態存活著好幾百年，無時無刻依然被這世界的法則所拘束，但是我享受在其中，以後妳也會懂的。」

「我不想懂！我只想要跟大叔一起生活著！我只要……」

「才這樣就哭成如此難看，聽著，吸血鬼的生命可是永恆的，往後妳還有更多時間去品嘗生離死別，久了或許會麻木，不過卻會刻骨銘心牢記在心裡，永遠。」

我一邊擦著眼淚一邊點頭著。

「很好，這樣我終於能安心的休息了……記得，繼承給妳的不僅是能力，還有我的意志，以後，如果妳也累了的話，就把這個意志傳給妳所認可的人吧……」

「大叔……」

「最後……能告訴我妳叫什麼名字嗎？」

「我叫章琳……」

「章琳啊……是個好聽的名字……我會記住的……」德古拉嚥下了一口氣。

「別丟下我！別丟下啊——」

06 團體

「呼……呼……」

當章琳醒來後發現自己躺在床上，抬起手一看滿滿都是滲血的繃帶，全身異常的疼痛和飢餓，而且其它身體部位有些不聽使喚，已經好久沒遇到這種狀況，到底是什麼一回事？

她將頭轉向另一邊，看著玉桂一手支撐著頭部在床鋪睡著了。才知道，自己又想起那個夢了……那個章琳所憧憬的男人模樣，還深刻的留在她的心裡面。

章琳伸手輕輕撫摸著玉桂的頭髮，像嬰兒般的柔軟，如同夢中自己曾經摸過的觸感一樣……

✣

剛重生的那時候，曾經路過戰火蔓延過的區域，那裡遍佈都是屍體的惡臭，斷瓦殘簷和許多微弱卻刺耳的嬰兒哭聲。

她靠近了一個女性身邊，將嬰兒從一個死去的母親身邊抱了起來，但那並不是自身母愛的發揮，而是自己已經快沒了身為人的意志……隱約的知道自己在做什麼，那是對血液的渴望，這裡有許許多多的嬰兒、孩童在啼哭，引導自己走來這裡，說明著體內吸血鬼的飢餓本能知道要攝取的是什麼東西。

這裡，距離埋葬德古拉的地方足足有百里遠，且已經將近兩個禮拜沒有進食了，雖然曾經有闖過民宅搜刮殘餘剩飯，但是遠遠就能聞到那食物散發出惡臭，不過為了填飽肚子，她還是硬著頭皮吃下去，果不其然的噁心味道襲來，讓她立刻吐了出來，完完全全的。

路上看到乞丐們正在翻撿垃圾廚餘，她也顧不了形象，乞丐前腳一走，就馬上靠了上去翻箱倒櫃一番，好不容易找到一塊發霉的麵包，也顧不得是否會拉肚子，大口大口的吞嚥著……一瞬間，她的背部像是抽筋一樣，狂嘔般的將吃下的東西全數吐了出來。

這時候，剛才的乞丐拍了拍她的肩膀說手上的食物可以分給她，不過需要章琳付出身體給他使用，看著眼前垂涎自己身體的男人，章琳非常厭惡的將他推了開來，但是當她收手回來的時候，滿手已經沾滿了鮮血。

看到已經倒臥在暗巷的乞丐男人，嚇的章琳花容失色般的逃離這裡。

直到來到這個剛受戰火摧殘的小鎮和手上捧著剛撿到的嬰兒，才知道自己已經餓到完全受不了，正準備拿這些孤苦伶仃的小傢伙充飢。

心中的理智線崩壞也只剩下一線之隔，盤算著這些小孩反正放在這裡也是給野狗們啃食，不如自己先吃了算了。紅了雙眼的章琳抵擋不了飢餓，抬起嬰兒準備咬下那稚嫩的脖子時，一隻纖細玉手伸了過來擋住視線。

「要吸血的話就吸這個比較好，一般人的血液只會讓妳成為更接近惡魔的存在而已。」一個成熟的女性聲音將章琳從渾沌中拉了回來。

只見那女人提著不知是人還是布偶的手臂遞在章琳眼前，因為那不像是人類皮膚該有的皺褶，皮肉鬆垮垮的不說，還一點血色都沒有，這要怎麼讓人吃的下去呢？

「喏！別看它現在這樣，只要我在精心製作些時日，它會變成一個很漂亮的女孩子呦！所以現在先借妳充飢一下也沒關係。」

章琳半信半疑的望著眼前的女人，那略大的眼鏡、俏麗的短髮和那個與聲線不搭的稚氣臉蛋，從身材看來不過是個十六、七歲的女孩，也比自己大個五歲左右而已，卻這麼趾高氣昂的指示著自己，令章琳有些不悅。

不過心裡是這麼想，身體卻很誠實的咬向那如同布偶的手臂，瞬間她的身體像是醒過來一般，那種清爽讓思緒活絡了起來，章琳不知吸吮著多久，直到她滿足放下為止。

「喏。」眼鏡女孩遞了條手帕給她，示意著要她擦拭嘴邊沾到的血液。

「好好……喝……這真的是血嗎？」章琳接過手帕一邊瞪大眼的說著。

「的的確確是人類的血液，不過那是流著魔術師血統的血液，也是妳身體所需要的真正媒介，一般平民的血只會讓妳開啟殺戮的衝動，這種血才能讓妳保持冷靜和清醒。順帶一提，這布偶裡的血都是我一天一天補充的呦！該感謝我了吧？」

「唔……」面對著眼鏡女的強勢邀功，章琳有些不情願的說出：「那就謝謝妳的招待了。」

「那妳手上的孩子可以給我了吧？」

章琳低頭看著自己手捧著原本要痛下殺手的嬰兒，已經沒了剛才的衝動了，怎麼會覺得這麼可愛的孩子是食物呢？真不知道自己中了邪還是什麼。

「給妳。」章琳雙手抬起孩子遞向眼鏡女身邊，「妳要吃她嗎？」

「嘎？我怎麼可能吃人呢。那是生命，不是食物喔。只是身為吸血鬼一族的妳，還不懂得自己獵食的守則而已。」眼鏡女接過孩子後，非常呵護的將其抱入懷中。

「守則？」

「吸血鬼一族本身就是個少數種族，不僅行事低調不說，派系也是寥寥可數，不過他們都有著共同特徵，就是『借血』，說是借，但是從來不曾還過。他們會襲擊具有魔術師血統的人或是後代，趁人不知鬼不覺的狀態下借走血液，來維持生命和法力。聽起來很浪漫不是嗎？」眼鏡女講的如痴如醉般。

「蠢死了！那不像是隻蚊子一樣！」章琳嗤之以鼻的說。

「嘖嘖嘖——」眼鏡女伸出右手食指搖晃著，「這才是吸血鬼們的生存方式，至少他們從來不是審判者首要剷除的目標，靠著就是低調二字。」

「知道了，謝謝。」章琳不耐煩聽人說教似的，轉身就想離開。

「喂，等一下啦！為了報答妳不殺這個小孩，我這具人偶就送妳吧！」

章琳緊皺眉頭看著她剛剛吸完後就仍在地上不管的布偶，搞不懂要這東西做什麼？體內已然無血，要它何用？

「給妳繼承吸血鬼族的人真是粗心大意，明知道繼承當下就決定妳以後的外表了，還選擇讓身為孩童身軀的妳來繼承，是想讓妳用這孩童的身軀活幾百年讓人恥笑嗎？還是他是個蘿莉控戀童癖的人？」

「別汙辱給我第二生命的人！」章琳惡狠狠的瞪著她。

「別誤會，我不是那個意思，而是妳一輩子到妳結束生命前都是這個長不大也不會老的身軀活著，妳願意嗎？」

章琳看了看自己的身軀，或許自己超齡的心智已經知道對方指的是什麼，但是就算知道了答案那又如何，這身軀如果是一輩子的，那就這樣吧！德古拉大叔給的是睜眼看世界的機會，而不是用來計較外觀上的瑕疵。

正準備婉拒對方的時候，那眼鏡女孩已經消失在眼前。等到意會到奇怪聲音時，猛然低頭才發現她正拿著皮尺擅自量起章琳的腿長，一邊喃喃自語的說著：「腿長約六十五，以現在年齡換算身高一百三十公分來說，還真的有點發育不良……」

「妳到底在——嗚哇！」章琳被眼前的女孩突然襲胸大叫了一聲。

「這個樣子不管過了幾年，都不會有女性魅力的，想不想像大姊姊一樣啊？」眼鏡女非常自戀的舉起右手順著自己的側臉頰滑了下來，到了胸部的位置時，那凹凸有致的身材的確是讓身為女性的章琳有些羨慕，但是又不懂眼鏡女孩所表達的訴求是什麼，只能無語般的看著她。

「然後呢？」章琳冷冷地說著。

「人類有千奇百怪的面孔和長短不一的身材比例，更何況是瞳孔和頭髮。」

「所以，說這些和我現在的身材有什麼關聯之處嗎？」章琳更加不耐煩的問著。

「嘖嘖嘖。」眼鏡女孩又出現如同她的招牌動作一樣，搖晃著食指然後發出令人不爽的聲響，「那些對我來說根本不是難事，只是相對的，我也在尋找堪用的助手，如果妳肯幫我的話，不僅妳的吃住有著落外，就連外貌身材也會變成跟我一樣迷人喲！」

「別，長相身材就不必了，我只需要的是妳頭腦裡我所不知道的知識。」

「是嗎？也就是說妳答應了對吧？不過我可不喜歡自己身邊跟著一位醜八怪喲！所以就請妳暫時睡一會吧——啪！」眼鏡女孩彈指一聲，如同暗示般的讓章琳頓時充滿了睏意，就在失去意識以前聽到她說：「順便跟妳自我介紹一下，我叫卡菈，是個人偶師。」

✣

「嗯？章琳妳終於醒了啊！」玉桂揉著惺忪的雙眼，表情欣喜的看著她。

章琳帶著淺淺微笑來回應玉桂的掛心，她知道自己給了原先該保護的繼承者一個大麻煩，所以暫時收斂起那任意脫口而出的毒蛇言語。

「現在還有沒有哪裡痛？還是不舒服的地方？」

章琳搖著頭，接著看看四周問著：「這裡是什麼地方？」

「妳說這裡啊？這裡是魔術師們的祕密基地，很安全的。」

「我可不那麼認為，我想章琳也應該察覺到了。」不知何時站在門邊的比利楊如此憂心的說著。

玉桂轉頭看了看比利楊，隨即帶著疑惑的表情望向章琳，像是不知道答案似的。

章琳嘆了一口氣，接著說：「他是指『這裡雖然是聚集了許多魔術師們，表面上安全無虞，但卻是個個心懷鬼胎』的意思。以現實面來說，成群結隊遠比單打獨鬥好，不過前提是那些人必須是你可以信賴的。」

「所以我們必須保持警戒囉？」

「過度的警戒倒是不必，別盲目的傾向一方就可以了，至少不需要把這裡的其他魔術師當作壞人來看待。」

「真難得我們想法一致。」比利楊輕按自己的額頭如此的說著。

「看來妳這位吸血鬼的能力已經恢復一點了呦，至少還有精神和這位狼人在別人家的地盤上說三道四的。」艾達硬是用肩膀擠開了擋在門邊的比利楊，一臉鄙視的眼神瞪了他一下，隨即走向床邊，手裡還捧著一堆衣物。

「艾達，我們不是這個意思……」玉桂急忙起身和眼前這位章琳的救命恩人解釋著。

「我隨口說說的，別放在心上。你們兩位大男人可以出去走走嗎？我的老大也在中庭等著你們呢！」

「現在嗎？」玉桂有些不安的問著，如此把章琳一人留給艾達照看，讓他心裡有些不放心。

「難道你們要站在這裡欣賞吸血鬼的裸體嗎？紳士們。」艾達沒好氣的說著。

「這……」

06 團體

章琳向玉桂點點頭，表情就像是要他別擔心安危，放心的離開這裡吧，至少知道對方想動手早該動手了，不會留到現在。

「我們走吧。」比利楊冷冷的看了艾達一眼，有種警告的意味。

✣

兩人走出房門後，順著長廊走到底便到了中庭，看見了像是仿比利時尿尿小童的水池，而在池邊旁的精緻長椅坐著一位約十來歲，長相清秀留著一頭鮑伯短髮的孩子。站在身邊的一位高佻男性則是奇裝異服，黑高帽和西裝還有那僅僅露出半張臉的化妝舞會面具，如同保鑣般守護長椅上的主人似的。

「兩位分別是阿卡迪亞的狼人和這位『準』羅馬尼亞的吸血鬼囉？」那孩子天真笑容說著，像是非常瞭解眼前的兩個人。

「呿！這裡的老大竟然是個小鬼頭。」

比利楊表情不悅的碎唸著，聲音之大讓眼前的孩子聽了進去，但是並沒有任何生氣的一絲舉動出現，依然笑臉迎人。

「那個……小妹妹，我們該怎樣稱呼您呢？畢竟您是這裡的主人，又是章琳的救命恩人。」玉桂尷尬的表情詢問著，誰叫比利楊一開口就讓他如此無法做人。

「咦？我可不是女孩子唷，是個如假包換的男孩。」

「男、男孩……」玉桂驚訝的不小心喊了出聲。

「是的，是個可愛的男孩子。不過還是請你們叫我小靡就好。當然，你們也不用對我如此的恭敬，因為同樣都是魔術師，可不需要那種階級感出現。」

「我可不是來這邊聽你這小鬼頭講道理的！有什麼條件就趕快丟出來，我最不喜歡欠人情債這種東西！」比利楊耐不住性子的上前了一步。

「站在那邊就好！別靠近我們當家的一步，不然我就立刻把你的脖子抹掉。」小靡身旁的男人不知何時變出了一把傘刀指向了比利楊眼前，警告的氣勢非常濃厚。

「有本事你就試試啊！」比利楊也不甘示弱的瞪著對方。

「好了，到這為止了！比利楊你去旁邊冷靜一下，真搞不懂你今天是什麼回事。」玉桂支開了比利楊，而小靡這時也對身旁的男人輕聲說了幾句，那男人便轉身離開這裡。

「沒必要把您的保鑣給請走啊，我又不是怎麼大人物，而且您剛才還稱呼我為『準』吸血鬼。這件事我想，應該是搞錯了吧？」玉桂不自然的方式揮舞的雙手說著。

「請別這樣說，玉桂先生。剛才我的隨護這個舉動也給了客人不小壓力，他留在這裡對你、我的談話也不太方便，所以我才請他回去辦公室待命就可以。至於『準』吸血鬼這個事情，可不是亂說的喔，畢竟魔術師所認定的繼承者可是不會錯的，尊稱你為這未來的職稱，可沒有任何錯誤的地方。」

「但是我身體沒有感覺到異狀，而且章琳小姐也說過繼承儀式一直無法啟動，會不會有可能是搞錯了……是不是有這個可能性啊？小靡當家。」

「剛才我也說過了，魔術師選定繼承者這件事，只有當事人才知道，既然她說是你就一定是你，因為身為一位魔術師，要如何在茫茫人海中尋找自己所要找的人，憑的是直覺和感覺。那種既視感只有魔術師們才會懂，以後你也會懂的，玉桂先生。」

「但是……我可以……」玉桂欲言又止的模樣。

「可以什麼？請說吧。」

「我可以選擇不繼承嗎？」玉桂眼神堅定的看著他，「並不是害怕和魔術師們戰鬥，也不是懼怕審判者的討伐，而是……」

「我不希望章琳死去——」玉桂低頭呢喃著。

「嗯……是個很合理的想法，但是太天真了。」小靡似笑而非的回答著。

「一點也不天真！為了什麼狗屁繼承儀式，還有那些與審判者們的宿命，根本莫名其妙的事情強加在彼此身上，就不能夠和平共處於這個世界嗎？」

「和平相處這件事，本質就不存在於魔術師和審判者的理念裡。曾經有人跟你提過魔術師是如何誕生的嗎？」

「大約知道一些……不就是為了得到與人類不相稱的力量而產生的。」

「確實是這樣沒錯，但是最主要的原因還是古代的權貴們追求權力和慾望，而創造出來的『怪物們』，也就是我們。」

玉桂有些吃驚的望著他，竟然會有人形容自己與怪物沒兩樣的形容詞。

「然而那些沒有被選中的魔術師後代們，只能被當作營養的來源來看待，長時間的壓榨，久了後自然而然的就會興起一股反抗的風氣。審判者的團體就從那時開始站了出來，與我們對抗了好幾百年……對我而言，這並不是宿命，而是『報應』的因果循環。」

玉桂不斷搖著頭，無法接受般的說：「你們大可向對方釋出善意，畢竟這百年的鬥爭都是那些好戰的魔術師惹出來的不是嗎，至少章琳是想安安穩穩的過日子，並不想與那些審判者們糾纏下去，所以她選擇『不殺』為自己的理想。」

「你當真那麼覺得？你難道選擇性的忘記稍早的那場戰鬥嗎？彼此之間的痛下殺手，毫不留情的致對方於死地，你真以為吸血鬼這幾百年下來，是這麼低調的過生活嗎？」

「什麼意思？」

「吸血鬼和人偶師曾經攻陷過審判者的本部過……但，具體是為了什麼，你大可直接去問問，這並不是危言聳聽，也不是為了挑撥離間你與她的信任，只是想跟你說明白些，吸血鬼並不是你想的那麼善良。」

「……」

玉桂低頭沉思著，想著如果小靡當家說的都是真的話，那章琳肯定隱瞞些事情，公然的對他說謊是為了什麼？難道只是想贏取自己的信任，騙他乖乖的繼承吸血鬼人生嗎？不，事情絕不是眼前這十來歲的孩子所講的這樣……

玉桂猛然抬頭說：「不管怎麼樣，我相信章琳。」

「相信也好，不相信也罷，決定的人是你，我只是要給你個忠告：『離開吸血鬼的身邊，你還能活下來』這件事。」

眼前的孩子露出了可悲的神情看著玉桂，像是同情著比他還弱小的動物般。

「我不會在她危急時刻離開她身邊的，就算我只是非常普通又弱小的人，我也會和她戰鬥到最後……不管有多少審判者，我都會……」

「不對呦，我指的危險不是審判者們，而是吸血鬼的本身。她，才是危險的根源。」

「你在胡說些什麼？」

「沒有一位魔術師是能堅持身為以往人類的善良，就只是本能發揮而已，換句話說，沒吃過人類的肉，喝過人類血液的魔術師是『不存在』的！尤其是在臨界點的時候，更接近一種無差別吃人的怪物，被審判者稱作『蝕』，也就是我們魔術師最後的結果。」

玉桂腦部被小靡當家的這句話給衝擊到，他冷汗直流無法置信的望著對方，或許是無法想像章琳會變成怪物攻擊自己的畫面出現。

小靡不顧玉桂鐵青的臉龐，接著說：「魔術師的壽命約在九十歲至一百五十歲左右，越到自己的死期前，那種臨界點的苦痛和飢餓，每天都在心中掙扎著。所以魔術師執行繼承儀式後，不是選擇自殺就是和實力相當的魔術師、審判者們做最後一次的戰鬥，來讓自己避免成為『蝕』那種怪物。」

「……不可能……章琳曾說過她活了兩百九十七歲……早就超過你所說的臨界點年齡了吧？」

「所以我前面才提到吸血鬼和人偶師曾經血洗過審判者本部，事實上我所知道的是吸血鬼發生『蝕』化，身為她的老師也就是人偶師，為了救她而闖進本部，只是不知道做了些什麼，吸血鬼活了過來重新有了意志，但人偶師也從那次下落不明，據傳是死在那場大混戰中。不過那已經不重要了，重要的是你口中善良的吸血鬼，正一步步邁向第二次『蝕』化，那會是前所未有的災難。」

06 團體

玉桂癱軟無力的跪在地上，眼神茫然若有似無的看著四周。他想起第一次見到章琳的樣子，冰冷的散發出高貴氣息，漸漸接觸之後的倔強和那表情不一的溫柔，現在卻一一的像玻璃般破碎在他眼前。

「我想救她。」這不是玉桂的結論，而是希望，心中最深層的願望。

「好吧，既然如此，方法也不是沒有，但是……」

「是什麼？」

「我需要人偶師的能力，不管那人是死是活，有辦法給出人偶師下落的話，我就有辦法拯救她，不過唯一和人偶師接觸過的人，也只有那位吸血鬼。但是據說本人從不透露自己老師的動向，如果能夠說服了她的話……」

「我明白了！我勢必會說動她的，到時候請務必幫我們！」玉桂緊握住小靡當家的雙手，那手心充滿了汗水和淚水。

小靡點了點頭說：「那是當然的，能得到玉桂先生的幫忙，我想，我們魔術師聯隊一定會扳會目前頹勢的！事不宜遲，請在傍晚前給我答覆，不然吸血鬼恐怕已經撐不了兩天了。」

「嗯！」玉桂奔跑著頭也不回著朝著醫療室方向前去。

07 背刺

「開什麼玩笑！」醫療室內傳來了偌大聲響，嚇壞了一旁的病患和醫護人員。而在醫療室裡的兩人都漲紅了臉，互相對視著一番，誰也不讓誰的憤怒著。

玉桂見章琳不肯就範，感到非常急燥不安，尤其是在小靡當家的忠告下才來尋求對方的協助，但是章琳非但不領情，還破口大罵了起來……

「我是不知道你從哪裡聽到這些事，但是人偶師的事情請你不要插手，也別指望我會說出任何線索，你就跟『那群人』一樣差勁！」章琳眼角還有些淚水痛罵著眼前的男孩，但是卻露出痛苦的表情。

「對！我是差勁！但是妳從來沒說過自己曾經到達過臨界點不是嗎？還有妳曾說過自己沒殺過人？妳變成『蝕』的時候不也是血洗過審判者本部嗎？」玉桂像是被挑起心中的底線，不斷互相傷害對方的言語出現。

「不記得的事情你卻要在這個時候提出來！到底是誰跟你說這種事情的？是那個臭狼人嗎？還是那個讓你神魂顛倒的臭狐狸說的！」

「妳既然不想透露人偶師的死活，我也沒必要跟妳說是誰告訴我的，至少我現在從妳的肢體動作和表情就知道這些事情是千真萬確的，妳這個騙子！想讓我繼承妳那

07 背刺

骯髒的吸血鬼血統，我死都不要！」

「隨便你！」章琳使盡全力的大吼一聲，雙手用力的槌打著自己的床鋪來表達不滿到極限的憤怒。

一剎那，空氣凝結了，整個屋內只有章琳急喘的呼吸聲，就連剛才還隱約聽得到室外的聊天聲也沒了，只剩下玉桂失望的表情望著低頭不語的章琳。

看樣子想拯救對方的心情，一點也沒有傳達到。玉桂頭也不回的離開了醫療室，沮喪的隨處亂走，直到來到了食堂裡找個空座位坐了下來，雙手抱頭苦思著接下來該怎麼做，才能阻止章琳的即將死去。

「看樣子你該換個方式試試看才行。」座位對面的人如此說著。

「比利楊，你現在還有胃口吃東西可真好啊……」玉桂沒有抬頭，悻悻然的調侃著對方。

「看你們在裡面吵架，我只好識相的離開那裡，湊巧也好幾天沒進食了，我就不能趁機休息一下嗎？」比利楊很有理性的反駁著。

玉桂沉默了一下，便開口說：「對不起，別理我……我只是想……想救自己的同學，不……是朋友才對……但是卻什麼也……」

「醫學證實，肚子餓容易發脾氣，是因為體內的血糖偏低會影響你大腦的判斷力，這樣你想說些好話說服對方，也讓人感覺不到你的好意，而是挖苦。」

「謝謝你的忠告，你是間接想提醒我吃個飯轉換一下心情再去和章琳好好談談是不是？就順你的意，我就……嘔咳、咳——」玉桂說完話抬起頭時，一瞬間胃口翻騰的吐了出來。

比利楊的餐盤裡裝滿了人的臟器、腸子、凝固的血塊，仔細看下去還有人的手指和耳朵碎片，讓人觸目驚心的晚餐。

「你這樣行為舉止很丟臉喔。」比利楊好意的提醒著。

玉桂才發現到四周的人們，不……應該說是魔術師們正用鄙視的眼神望著他，而且還有點敵意似的發現這裡怎麼有雜種混了進來，幾個壯漢站了起來準備走向這裡時，比利楊瞬間倒吸了一口氣，整個餐廳裡充滿了殺氣，嚇著所有人奪門而出，只留下玉桂吃驚的呆坐原地。

「一堆廢物……」比利楊不屑的眼神說著，然後夾起了一塊腸子吃了起來。

「……我沒辦法像你一樣若無其事的吃著人類。」玉桂苦笑著說。

「這些不是普通的人類，是戰敗的審判者們，也就是你以後的魔力來源，這點請你記住。」

玉桂沒有回應對方的話，只是帶著疲憊的身軀站了起來，準備回去再和章琳談判。

07 背刺

「喏！」

比利楊扔了個東西給了玉桂，讓他有些措手不及的接了起來，然後才發現手中竟然是一般的麵包，像是便利商店才有賣的那種。

「這個是……？」

「我知道你現在一時半刻是無法接受魔術師們的食物，所以早早幫你去外頭買了。」比利楊說完後，依然若無其事的低頭吃著東西。

玉桂感動的雙手捧起麵包，向比利楊點頭示意著，然後坐下來拆開包裝袋吃了起來。

咬了幾口麵包的玉桂，馬上就發現餐廳外面有些騷動，而且不少人朝著同個方向跑了過去，各各面色驚恐不安，連廚房的廚師們也聞訊跑了出來，大家一言一語的朝著同個方向望去，一邊談論著剛才發生了命案。

「發生什麼事了嗎？」玉桂拉住一位女性服務生問著。

「剛……剛剛有人發現我們的廚師長死在廁所裡……怎麼會這樣，好可怕。」服務生滿臉驚恐的說著，像是無法置信稍早一起工作的同事，如此下一秒就死了。

就在同時，有位男子邊跑邊叫喊著：「對策室那邊也有人受傷了！快去幫忙啊！」

而在位置上不發一語的比利楊也站了起來，「喂！小子，你看他們所指的方向是不是在醫療所那邊？」

玉桂尋著人們張望的位置，心裡有些發冷了起來。他推開了人群衝了過去，無奈走廊上站滿了看熱鬧的人們，有些寸步難行，而且地上一條條駭人的長血跡，像是被什麼東西擊殺了然後拖曳進廁所裡，就現場圍觀的人潮來看，應該屍體還在裡面才對。

當玉桂一層一層的撥開人群，便看到小靡當家和他的保鑣站在廁所外表情凝重討論著。

「小靡當家，發生什麼事了嗎？」

小靡一手托著下巴略有心事的抬頭望著玉桂許久，才接著說：「我們魔術師協會的廚師長被殺了……」

「剛才從廚房的服務生那裡聽到了一些，是審判者們幹的嗎？」

小靡搖了搖頭，「不是，兇手我們抓到了。」

「是、是誰？」玉桂忐忑不安的心情就快爆發出來了。

「那個人是——」

「放開我——！我什麼也沒做！」一個熟悉的聲音從不遠的醫療室傳了過來。

玉桂顧不得圍觀的人們，死命的將人潮推了開來，瞬間一堆人跌坐在一起，然後尖叫和抱怨聲的此起彼落，但他依然視若無睹，飛也似的衝進了醫療室裡。一推開房門時，四、五個魔術師協會的控制住章琳的行動，不僅如此，床上和地面上滿滿血跡和一堆不知哪裡來的臟器遺落在地上。

「你們給我放開她！別碰她！給我滾開！」玉桂上前推擠著那些協會的人們，然後惡狠狠的對著他們警告。

「玉桂先生，請你冷靜一點，然後請你離開那吸血鬼身邊。」小靡走了進來，像指示人員般的支開協會的人員。

「你在說什麼？為什麼要這樣對待章琳？你最好給我說明清楚了！」玉桂雙手糾緊小靡的衣領。

「別被仇恨和私情蒙蔽了雙眼，你現在睜大眼睛看看你眼前的吸血鬼做了什麼好事就知道了。」

「章琳受了那麼重的傷能做什……」玉桂一邊辯解著一邊看到章琳身上的模樣，突然驚訝的說不出來。

章琳的嘴巴四周滿滿的血液痕跡，寬鬆的病服染上了一大片紅色液體，就連雙手也沾滿了血和指甲縫裡的肉塊，讓人無法再盲目的袒護下去了，玉桂啞口無言的和章琳對望著。

「我什麼也沒做……我只是睡了個覺，醒來就發現有人拿繩子綑住了我……真的……」章琳一邊說著一邊流下眼淚，而那聲音也越來越小，讓旁人感覺到是心虛的模樣。

「變成『蝕』之前，都會長時間陷入睡眠狀態，然後在不知情的情況下，隨機無差別攻擊和破壞，尤其是對有生命的動物產生了不可抗拒的吸引力，也代表著她的時間不多了。所以，玉桂先生請趕緊問出結果吧！不然的話……唉！」小靡嘆了一口氣便帶著協會的人走出了醫療室。

「我沒有殺人……」章琳一直小聲的不斷重覆這句話，似乎是想為自己平反這件事。

「妳先冷靜一下，我想小靡當家只是猜測而已，別擔心了……」玉桂擠出一點苦笑說著。

「我才不管其他人想什麼……只要你相信就好……」章琳輕聲細語說著，「……你是相信我的吧……？」

章琳充滿了害怕無助的表情望著玉桂，像是希望那個答案得到肯定似的。

玉桂這時候滿腦子都是不安的想法，並沒有立刻給出章琳要的答案，而是緊皺眉頭幾秒後才點了點頭。像只是為了安撫她的情緒般所做的決定，這都看在章琳的眼裡，她的心如同淌血般難過，就連自己最親近的繼承者都不相信她了，那這世上還有哪裡

07 背刺

可以容得下她呢？

「幫我解開繩索……」章琳低著頭，眼淚滴在沾滿血液的病服上。

「蛤……」玉桂楞了一會，不知如何是好。

「所以……這是你所謂的『相信』是嗎？多麼的……多麼的不堪一擊。」章琳紅著眼眶抬頭瞪著玉桂。

「不是這樣的！我只是……」玉桂自知找不到藉口，只好趕快解開章琳身上的繩索來換取她的信任。

繩索一落地，章琳立刻將玉桂推了開來，用個絕望的表情看著玉桂說：「我要離開這裡，你到底要不要跟我走！」

玉桂遲疑了半刻，正要開口說出答應時，章琳已經比他早早丟出一句：「那就給我滾開！」

那淚水早已潰堤的章琳，雙腳有些不聽使喚的走向門邊，玉桂想上前攙扶著，反而被她用力甩了開來，像是不領情般的憤怒發洩在玉桂身上。

「妳留下讓我們將妳治好，可以嗎？只要妳說出人偶師的下落不就可以——」

「你閉嘴！」章琳狠狠地吼著，停下腳步接著說：「到現在你還在問這件事，滿腦子滿腦子都是人偶師，也不在乎我的感受，這算什麼？我到底在你心目中是什麼？」

「……我想救妳啊！」玉桂也不甘示弱的喊著。

「你區區一個魔術師後代跟普通人沒兩樣，憑什麼救我！」

「就是因為在乎妳啊！」

房內的空氣再度凝結起來，只聽見章琳哽咽聲音此起彼落的響起。許久，她抬起頭望著天花板一下，然後頭也不回的離開房間，什麼也沒說的落下玉桂一人在房內發呆。

病床天花板上老舊的電風扇在不斷的喀哩喀哩作響，玉桂像是被抽掉靈魂似的沒了動力，朝著身後的床鋪硬生生坐了下來，然後垂頭喪氣的省思著自己做錯了什麼。

「叩叩」房門響起了兩聲，然後有人走了進來，原以為是章琳回心轉意來找自己，沒想到進房門的竟是比利楊，他搔著頭不知該如何啟口的模樣，似乎是聽到了玉桂對章琳說的那些話。

「比利楊……麻煩你……幫我把她找回來好嗎？」

「請恕我拒絕，這種事情應該由你來做比較好。」

「但是章琳她什麼也沒說，就離開了這裡……」

「哼！」比利楊冷笑了一下，然後說：「至少她從我旁邊經過的時候，我看到的卻是破涕為笑的表情，所以這件差事還是勞煩你自己出馬吧！」

07 背刺

玉桂身體一震，然後才領悟到比利楊所說的話，他猛然的站起身抓住比利楊的衣領問著：「你說的是真的？」

「自己去確認吧！」比利楊舉起拳頭往玉桂的肩膀敲了一下。

玉桂鬆開了雙手，輕拍了比利楊的衣領，向他點了頭表示歉意，然後轉身離開房間，朝著大門的方向跑了過去。

08 絮亂

「章琳！章琳！」追出魔術師協會根據地的玉桂，朝著偌大的森林裡呼喊著。四處黑壓壓的景象和那吵雜的青蛙還是蟲叫合為一體，路上既沒有路燈也沒有什麼月光和星光，因為今天是上弦月的日子。回頭望去，原本的協會已經變成一大片森林，讓人瞬間迷失了方向感。

「魔術師協會也是結界嗎？大概也是艾達的傑作吧！」

不知不覺讓他想起了那位九尾狐狸，並不是思念的意圖，而是心裡下意識的感覺得到某種味蕾進入大腦裡，就像是以往第六感知道有什麼東西而來的厭惡氣息，現在他的正前方傳來了大量令人窒息的信息量出現。

非常不正常的能量正往玉桂的方向接近著，雖然想馬上逃跑，但是心裡卻有種不放心卻又不敢多想，就怕內心的幻想成了真實。

玉桂鼓足勇氣往前走了幾步，非常昏暗的森林裡還聽得到有人慢慢行走的聲響，窸窸窣窣的撥開草叢走了過來，當他以為是章琳的時候，卻被眼前滿身是傷的艾達嚇到了，原來剛才感應到的人確實是她沒錯，她虛弱的靠著樹幹，眼神充滿了恐懼及害怕，當艾達的見到玉桂時，不顧重傷的身軀，筆直的朝著玉桂跑了過去。

但就在艾達伸手撫摸玉桂的臉頰時，一雙腥紅的手硬生生的刺穿了她的心臟，還來不及反應過來的玉桂和艾達兩人吃驚地眺望著對方，但僅此幾尺之遠，也感覺得到彼此的遙遠。

鮮血慢慢從艾達的嘴角流了出來，接著拌隨著劇烈的咳嗽吐血，直到那雙手的主人從她身體體內移了開來，艾達才無力般的跪在地上，然後露出了可惜的眼神朝著玉桂望去。

「真的……要是能早一點遇見你該有多好……」那句話也是艾達最後的遺言，隨後她便倒在血泊之中一動也不動。

不過玉桂斗大的目珠直直地看著前方，是那熟悉到不行的面孔，她滿身鮮血不說，破碎的衣物和那新舊不一的傷口，眼神充滿疲憊的看著玉桂，像是渴望眼前的男人能說出一些體貼的話來安慰著她……

但是，玉桂原本還來不及反應過來的情緒，一瞬間瓦解開來。他從沒想過章琳曾經說過的話是個謊言，也從不懷疑章琳的理念和想法，只是那幻想來的太快走的也快，一切都破滅了，還帶走了艾達這個救命恩人。

「為什麼……為什麼要這麼做？」玉桂全身發抖的說著，但那不並是害怕，而是憤怒到一個極點所產生的自然反應。

章琳低下頭沉默了一陣子，然後才接著說：「我知道現在說什麼也沒有用了，不如別說，你認為是怎樣就怎樣吧……」

「既然妳知道我會說什麼，那妳就反駁給我看啊！別裝出一副非常瞭解我的樣子！」

章琳抬起了頭，眼淚從臉頰上流了下來，「所以呢？你要殺了我嗎？」

「不會，既然殺不死，我動手也無意義，但是從此之後我們已沒有任何瓜葛了，也別相讓我繼承妳那骯髒的血統。」

玉桂走到艾達的屍體前將她抱起，失魂落魄的走回剛才的結界裡面，只留下受了委曲的章琳佇立原地，木然的吹著夜晚的冷風。

✣

「事情進展的滿不錯的，妳覺得現在的感想如何？」

一個聲音從章琳的身側傳了過來，她惡狠狠的轉身瞪著岩石上的一個黑色人影，像是恨不得吃了他，扒了他的皮出氣。

「一切都是你主導的吧？」章琳抬起頭望著那人說。

「確實是，從一開始將妳分屍在火車站的人就是我，也是因為這個巧合，我終於找到妳了，卡菈唯一的門生！」

08 絮亂

「你到底是誰！」

「想知道我是誰，妳也要有實力讓我說出來。」

「既然如此我會讓你連死都不能——蒼紅蓮！」章琳一說完立刻舉起右手劃出了長如武士刀的血刃，然後雙手持刀模樣準備一個箭步衝上前劈了那傢伙。

「別這樣子，妳已經構成不了對我的威脅了。」黑色人影舉起右手，他的身後的天空上出現了無數把利刃射向章琳的方位。

對於眼前熟悉的術法令章琳大吃一驚，她睜大眼完全還來不及下達防禦指令到大腦時，數不清的利刃像光速般的貫穿她的身體各個部位，就連疼痛的聲音都喊不出來便仰躺在自己的血泊之中……

✣

鈴鈴——鈴鈴——

玉桂坐在椅子上，目不轉睛的看著裏上白布的艾達，那與世無爭永遠熟睡的臉龐，真讓人無法勾勒起昨晚發生了什麼慘案，照理說九尾妖狐不至於會這麼軟弱的死去，太不合理了。

手機的聲音不停打擾玉桂的分析，索性他接了起來，用出非常不耐煩的口吻回應著：「誰？」

「是我比利楊，我長話短說……章琳她現在躺在醫療室裡，非常虛弱，勸你把手邊的事情——」比利楊的話還沒說完，玉桂立刻掛掉，心情更加沮喪的低下頭不語。

昨天他將艾達的遺體送到魔術師協會的時候，就一直保持沉默到現在，就算他人問起兇手是誰，玉桂也完全不想理會，只是想靜靜的一人發呆，好不容易躲到這個遺體封存室的地方可以喘喘氣，沒想到手機也傳來一個痛心的消息，令他左右為難。

許久，一個憤怒的腳步的走進了室內，那略大的球鞋走進了玉桂低頭沉思的視線之中，然後一個反作用力的勁道扯向他的衣領……

「你躲在這裡有什麼用？逃避嗎？從昨天晚上打你手機都不接，你知道一個晚上發生了多少事情嗎？」比利楊對著玉桂狂吼著。

「有多少事情……有急迫性嗎？」玉桂意志消沉的說著。

「章琳……章琳現在在危險期，你這傢伙都不擔心嗎？」

「她會好起來的，畢竟是不死之身。」

「你這混蛋！」比利楊粗暴的將玉桂抓起撞向一旁牆壁。

「咳——」玉桂頓時鮮血從嘴角流了出來，痛苦的倒在牆角邊，一邊乾咳著。

比利楊呼吸急促瞪著他，完全不認同眼前這個男人所說出口的話，就像是陌生人一樣。

玉桂雙手發抖撐起了身體，然後靠著牆壁上喘息著，一邊伸手抹去嘴角上的鮮血，然後表情不悅的說：「你根本不知道章琳做了什麼，要我馬上放下心中這些疑問去同情她的話，我做不到。」

「哼！是不是事實你應該比我還清楚，跟章琳相處從早到晚的人可是你啊！難道外人的一些話就讓你失去了信任？對一個……你喜歡的人如此嗎？」

「所以我才必須去做……去解釋章琳做這件事的動機……太奇怪了，整個氣氛來到魔術師協會後就筆直朝著最惡的方向前進，好像是故意將事情攤在我們的面前，但我現在沒有任何答案可辯解，我去見章琳的話，只是會讓協會跟她更有嫌隙出現，並不能幫助她洗冤曲，這就是我的回答。」

「如果是這樣的話你就更必須去見她了……因為她現在跟普通人沒什麼差別了……」

「你這話什麼意思！」玉桂作勢要起身，但是剛才的猛烈撞擊倒致身體機能還沒能恢復，又倒了回去。

「不知道什麼原因。」比利楊失望的搖著頭，「那傢伙的不死之身能力已經快消失怠盡了，現在體內所剩無幾的力量也不太夠支撐如此嚴重的身體機能，大概今天就會……」

「你胡說！我明明昨天……昨天……」玉桂把到嘴邊的話又吞了回去，畢竟到現在還沒人可以指認艾達是誰殺的，如果自己隨意脫口而出，那章琳現在的處境不就十分危險了。

「昨天怎麼了？」

「沒、沒事。我現在就去——」玉桂用盡力剛站起身，瞬間眼前一黑又坐回原地。

「我剛剛下手不至於那麼重吧？」比利楊上前扶起玉桂，有些不解的望著他。

「不知道，總覺得從昨天回來這裡時，就漸漸沒什麼力氣和精神。」

「先不管這些了！你得趕快去見她，給她一點勇氣的話，搞不好還能撐下去。」

玉桂五味雜陳的點著頭，搭著比利楊的肩，腳步蹣跚的走了出去。

而在此時，蓋在艾達頭布的白巾被房門打開灌進來的風吹落地面，只見艾達雙眼瞪大狀直直望著天花板，毫無氣息的詭異。

✣

「所以你不知道昨天發生了多起魔術師被殺害的事情嗎？」圍在病床旁穿著正式

08 絮亂

服裝的人員，正拿著調查簿詢問著剛甦醒的章琳。

章琳躺在病床被醫護人員搖了醒來，強迫似的逼著她去回答魔術師協會的司法人員公審。

她雙眼茫然的四處張望著周遭的人，完全陌生沒有熟悉的面孔，令她的心更加受傷難過，好像誰也不想和她有關係似的，躲的乾乾淨淨的。

「結果怎麼樣了？」

一個稚氣聲音從大門方向傳來，一群圍在病床邊的司法人員頓時散了開來，好讓這位史上最年幼的當家接近這位嫌疑犯。

小靡當家向章琳點頭示意著，然後朝著身旁的女性看去。

「目前嫌犯對罪狀既不否認也不承認，只是無關痛癢的東張西望，絲毫沒有對這些死去的年輕魔術師有任何虧欠。」一位稍年長的眼鏡女人如此說道。

「調查分案組呢？」小靡側頭望著另一位男性。

「昨天為此共五位協會魔術師死亡，一位失去聯絡，多半也……。」

「撿重要的說吧。」小靡不耐煩的說著，那嚴謹的表情跟他年齡非常不搭。

「是！」男性慎重回應著，「四位死者共同點都是被人吸取血液而死，生前大多都有抵抗，但是力量的不足導致悲劇發生，另一位則是特別協力者魔術師艾達，唯獨她的致命傷是力竭後被人從後方施法攻擊而死，想必是生前與人激烈戰鬥過，最後不幸喪生，但也導致對方重傷所以沒對她出手吸收魔力。」

在一旁聽著這些對答的章琳，表情沒有一絲絲的變動，既不擔心對方的說詞一面倒的指向她，也沒有恐懼對方是否串通一氣，有些出神般的想著其它重要的事物。

小靡一邊觀察著她的表情，一邊繼續若無其事的詢問司法單位的見解。

「滾開！你們圍著一個受重傷的人幹什麼！」比利楊大吼一聲，司法人員和醫護人員瞬間退了開來，讓出一條偌大的通道。

章琳瞬間情緒高漲的望著通道另一端的那個人，但是什麼也做不了，既發不出聲音也無法行動四肢，非常無力的發出「啊啊啊」的叫聲，還伴隨著四處飛撒的淚水。

玉桂將搭在比利楊的手擱了下來，他稍微整理了頭髮和衣物才走上前看著病床那……被繃帶纏滿全身上下、被血跡沾黏到的破碎衣物、被導管插滿血液可流通的地方，非常的……讓人痛心的畫面。脖子上的紗布應該就是她無法好好言語的主因，那右眼被繃帶纏了好幾圈。看樣子失去另一隻眼的她，現在一定很迷惘吧？玉桂的手按在章琳的手背上，眼淚立刻像潰淣般的哭了出來，他恨自己為什麼沒能好好保護她，反而離她而去……

「玉桂先生，請控制一下情緒……」看著玉桂難過了一陣子，小靡只能不得已般的中斷，他拍了拍肩膀如此說道。

章琳想舉起手來安慰玉桂，但是卻做不到，只能陪著他一起流淚。沒想到不死之身的自己，有這麼一天感覺得到別人的擔心和不捨。

「玉桂先生，你現在能回答我們一些事情嗎？」戴眼鏡的司法女性破壞了如此感傷的氣氛，嚴厲的口吻問著。

「……請便。」玉桂提起精神，用手心和手背不斷擦拭著眼角上的淚，轉過身望著那女性。

「昨天有目擊者說有看到你追著嫌犯走出協會結界外，然後沒多久就抱著九尾妖狐的屍首進來，是否屬實？」

玉桂吸收了對方話語後，沉殿了幾秒才回答：「是的，沒錯。」

「那你是不是有見到眼前這個女人殺了九尾妖狐那位魔術師？」

「沒有，完全沒有看到。當我追出去的時候已看不見章琳身影了，只看到艾達倒在地上全身傷痕累累。」玉桂毫不猶豫的說著謊，眼睛卻若有所思的盯著章琳看著。

「確實是這樣嗎？但是根據我們的——」

「確實是這樣沒錯，你們還有什麼疑惑的地方嗎？難道我說的不夠清楚？」玉桂語調有些不耐煩。

「很多證據顯示是你眼前的女人所犯下的案件，這可是偽證說詞，你知道就算你不是魔術師，我們也有辦法定你的罪行嗎？」眼鏡女也不甘示弱的恐嚇著。

「既然如此你還來問我幹嘛？我該據實以告的都說了，難道這不是你們所要的答案就可以用來威脅的藉口嗎？」

小靡當家上前擋在兩人之間，阻止了自己的屬下和玉桂再惡化下去的爭論。因為沒意義也沒必要，現在協會裡沒有分化的本錢。

「對不起玉桂先生，我對我屬下的魯莽和你道歉，因為目前偵辦的方向大致上與這位吸血鬼的特徵大徑相同，所以他們才會如此不慎重的發言，還請你多多原諒包涵。」小靡當家向玉桂鞠躬道歉，而身後的屬下們也紛紛致意。

隨後一群人匆匆收拾了東西離開了醫療所，僅留下玉桂和小靡當家在醫療所陪著章琳，比利楊則是早已經不見蹤影，大概是不習慣這種哭哭啼啼的場面。

✣

見到玉桂後的章琳，氣色好了很多也不再那麼情緒化，她靜靜的看著玉桂削著手中的蘋果，感覺既期待又怕受傷害，畢竟已經近三百年沒吃過這些東西了，怕身體機能早已經抗拒在外。

「章琳真的已經變成了普通人了嗎？這是真的吧？」玉桂確認般的回頭望著小靡

當家。

小靡則是坐在會客椅上看著公文然後點了點頭，接著說：「她體內的血液已經檢查不出來擁有魔術師之力了，看樣子是在受傷後一併消失了身為吸血鬼的本質，像是奇蹟似的重構了身體機能，非常不可思議的事情，如果可以的話，我還真想解剖看看。」

「這是玩笑話吧？」

「當然的。不過章琳小姐確實是第一位如此恢復成人類的魔術師，看樣子只要研究成功後，就不必擔心魔術師們生命終結時的暴衝了。」

聽到這種答案，玉桂已經興奮的合不攏嘴，他將削好的蘋果對切了一小片，然後餵在章琳嘴前，示意著要她嚐試看看。章琳起初還有些猶豫，但是拗不過玉桂的要求，她才緩緩的張開口含住蘋果切片一陣子，接著輕輕的咬了下去，那果肉的甜味、酸味和氣味頓時充滿了味蕾，原來蘋果是這個的味道啊……

章琳一邊咀嚼著蘋果一邊低頭流淚著，像是作夢般的重生為人類，好怕這只是一場空想而已。

「還想再吃嗎？」

章琳喜極而泣的點了點頭。

✣

離開醫療室已經接近傍晚時分，關門前玉桂還朝著病床上的章琳瞥了一眼，像是確認她睡的安穩時才輕輕闔上門，轉身要準備去稍微盥洗時，便被靠在一牆後的小靡當家叫住。

「嘿！你的願望好像實現了是吧？」小靡這沒頭沒尾的開場白，讓玉桂消化了一會才明白。

「你是想說，章琳恢復成人類是很值得我高興的事，對吧？」

「難道不是嗎？」

「……確實是這樣。」玉桂一抹微笑的走向他身邊。

「但是接下來才是你們的考驗。失去生活自主能力的人，生活起居醫療照護都要由你一人來承擔，她什麼也沒辦法幫忙，這樣你可以接受嗎？」

「啊啊……在她沉睡以後我思考過一陣子，不管我父親那邊是不是能接受，我也會獨自一人照顧她的。」

「就你一個十七、八歲的高中生？」小靡非常吃驚的看著玉桂。

「小靡當家不也是年紀輕輕就成為協會裡的負責人？」

「別被我的外表騙了呦，我已經一百五十歲了，不過你這句話也讓我無法繼續反駁下去。喏，拿著吧！」小靡低頭苦笑了一下，接著從口袋拿了一封信遞向他身邊。

「這是？」

「給你父親的信。」

「我父親？」

「朧馬先生曾經是讓我們吃盡苦頭的可敬對手，雖然現在已經退役了，但我還是要知會他本人一下，只是禮貌性的文件，當然上面施了咒法，一般人是無法打開來看，這是避免內容被其餘兩方人馬看到，所以才麻煩玉桂先生代勞了。」

「這基本上沒什麼太大問題，只是非常訝異小靡當家竟然和我父親這麼有淵源。」玉桂一邊收下了信紙一邊好奇的問著。

「陣營的不同，也是實屬無奈……對了，章琳小姐是否涉及到魔術師協會的兇殺案件，我想就此中止偵查了，畢竟全身上下也只剩頸部有知覺，再追查下去只會傷害到更多人，我說是吧？」

「非常感謝小靡當家的體諒，我等一下馬上回家一趟將事情轉達給我父親，然後我就會接走章琳，這段期間再麻煩小靡當家派人保護一下她的安全好嗎？」

「這自然沒有多大問題，因為章琳小姐不是確切的犯人，基於魔術師協會的律法，只要魔術師有難我們都會無條件幫助的。」

「真的是……萬事拜託了。」玉桂九十度的鞠躬答謝著。

✣

離開魔術師協會後，玉桂馬不停蹄的回到家裡準備和父親朧馬商量章琳的事情，

當他還在想千萬個理由來說服父親的時候，客廳的門被推了開來，裡面走出了一位非常漂亮的女人，她有著讓人覺得雍容華貴的波浪捲髮和精緻的臉蛋，像極了洋娃娃一樣。

一開始她並沒有注意到門外的玉桂，只是一邊開門離開，一邊向玉桂的父親道別。當意識到門外的尷尬視線時，她回過頭露出甜美的笑容回應著。

「老、老爸你……你竟然趁我不在時候做這種事！」

「喂，你這臭小子別給我胡思亂想！」準備送那女人出去的朧馬露出了不耐煩的眼神。

女人暗自竊笑了一下，隨後越過玉桂的身邊然後轉頭很恭敬的九十度向朧馬鞠躬，接著說：「有朧馬先生的協助，我想很快就能水落石出了。」

「藍嵐前輩妳太客氣了，我只是盡我棉薄之力而已，畢竟我也想趕快找到『她』……」

「嗯，我知道了。那這件事想必您兒子還不知情吧？」叫做藍嵐的女人輕輕地將

目光帶到玉桂身上。

「我會找時間跟犬子說明的。」

「那我就不打擾你們了，請多多保重。」藍嵐深深的鞠了躬，然後轉過身也向玉桂行禮著，「十幾年沒見你都長那麼大了，歲月真的是不饒人呀。」

這非常有家教的禮儀，讓玉桂一邊摳著紅潤的臉頰，一邊不好意思的發出「啊」的回應。她只是淺淺的微笑著，接著以奇特的走路方式走向門口離開了這裡，那像是腿腳受過重傷似的後遺症，有些行走不便。

等到那女人離開家門後，玉桂的頭馬上就被父親朧馬的手掌硬生生按住，然後發出令人顫寒的口氣說：「你這兩天跟那位章琳同學跑到哪鬼混我是不想多管，但學校老師和你們那位叫慧香的班長，每天都打電話關心你怎麼沒來上學，我還只能幫你找感冒的藉口搪塞過去，現在是該給我解釋清楚了吧？」

「那個……老爸……我跟章琳……」原本想了幾百種說詞要來打動父親讓自己照顧章琳一輩子，但瞬間腦袋一片空白。

「加上你這小子剛剛竟然給我丟那麼大的臉，你把我跟那位前輩想成什麼關係了？她可是我以前的上司，不是你想的那種隨便的女人！」

「我怎麼知道她是誰啊……」玉桂委曲般的喊著，「我先去洗澡，等下再跟你解釋。」

正要藉洗澡遁逃的玉桂，像是想到什麼似的摸向口袋，然後將小靡給他的信遞向朧馬身邊。

「這什麼？道歉信？你老爸不吃這一套！」朧馬撥開了玉桂的手。

「你知道我的，我從不做這種事啊！這是你一位老朋友說要給你看的。」

朧馬這才不情願的接過信紙翻了翻尋找著署名的人是誰，下一秒玉桂看見父親臉色鐵青，如同定格般的瞪大眼看著那封信的署名者，那無法置信且驚恐的眼神讓人不自覺的聯想到壞處。

「怎麼了嗎？」玉桂疑惑的看著自己父親。

但是朧馬並沒有回應意思，他正準備將那封信拆開來察看時，手上的信紙瞬間自燃起來，烈焰不僅灼傷的他的雙手，那落下灰燼還被房子裡刮起的莫名怪風吹向各個角落，有種被人強行入侵的感覺似的。

「老爸你沒事吧！」玉桂趕緊蹲下來察看父親的傷勢，他正痛苦的倒在地上，雙手被燒傷成通紅色。

「別擔心，去幫我拿燙傷藥來。」朧馬異常的冷靜，他對著玉桂如此說著。

正當玉桂轉頭準備去拿急救箱時，後腦勺被身後的父親硬生生地重擊了一下，瞬間眼前一黑，玉桂便不醒人事。

✣

不知過了多久，玉桂的意識才恢復了過來，他感到疼痛的想摸摸自己被痛擊的部位時，才發現手腳完全不能動彈，被人拿繩索綑綁住了，而且還被丟在一個行動中的車輛後座。他抬頭望著前座的朧馬，非常不解的開口：「臭老爸！你幹嘛敲昏我啊！」

「……那封信是如尼文字，也就是魔術師們傳達迅息的一個手段，不需閱讀只要碰到的瞬間，就會把信息傳遞到指定對象大腦裡。」

「那所以咧？這跟打昏我還把我綁成待宰羔羊有什麼關聯？」

「寫這封信給我的這個人，他別有要求……」朧馬吞了吞口水，接著說：「那位叫做章琳的女人性命在他手裡，而玉桂你……也中了詛咒，若不把你送到一個安全的地方，今天晚上你就會沒命了！」

「什麼詛咒都不重要，為什麼章琳有性命危險？寫這封信的不是你的老朋友嗎？」

「老朋友？……確實是，但那是十年前的事情，當時他還是審判者聯盟一個被稱為『天才』的傢伙，不過卻不知何故選擇叛變，還將我們同組的伙伴們幾乎全數殺光……」

「……你說的真的是那位小靡當家？不可能！」玉桂無法置信的說著。

「不管你相不相信，我也沒有時間給你去確認，我現在必須帶你離開這裡。」

「至少讓我將章琳從那邊帶出來再走吧！」

「不可能的！」朧馬大吼一聲，「現在去必死無疑，那傢伙只要確定目標後，一定都會折磨對方到死，就連周遭最親密的人也是。」

「你沒試過什麼會知道沒用！」玉桂蠕動身體，將被綁住的雙腳蓄力般的往身體方向延伸過去，然後用力的踹向汽車排檔，啪噠的一聲將排檔踢向P檔的位置，一瞬間車子高速打滑，朧馬死命的握住方向盤想穩定車身，但是無奈車子晃動太大接著翻覆好幾圈。

碰——

車子翻倒了過來，引擎蓋掀開來冒出一陣陣濃烈白煙。駕駛座的朧馬受到第一線的衝擊，腦袋還有些暈眩看不清楚眼前的視線。而車後座的玉桂也沒有好到哪裡去，鮮血從他額頭上流了下來，但是依然阻止不了他想去救章琳的決心。他奮力的解開雙手和雙腳的繩索，然後踹開了因撞擊而變形的車門爬了出來。

「你救不了她的……那女孩……從我第一天見到她的時候就知道了……」朧馬依然卡在駕駛座上，他虛弱的對著玉桂如此說。

08 絮亂

「這是我答應她的事，請老爸諒解一下！」玉桂頭也不回朝公路水平線奔跑著。

「這個臭小子，怎麼跟他的母親那麼像……」朧馬看著玉桂的背影如此的想。

✣

喀——

一陣金屬台車移動的聲響接近了這裡，章琳原本就敏感的體質令她瞬間清醒了過來，她張開惺忪的雙眼看見幾名醫者正在為她注射藥品，但那並不是可以恢復傷口的物質，反而可以從身體裡感受得到一股力量在裡面亂鑽，非常的疼痛難耐。

章琳想阻止卻四肢無力，只剩頸部以上有知覺她，只能啊啊的亂叫和扭動脖子，除此之外什也不能故。

她第一時間想著是玉桂，但是他卻不在身邊。已經好幾天了不見蹤影，每天就是被眼前這些人扎針強行灌進不知名的藥，但心中的希望依然沒有減少，她想見玉桂的心情一天比一天沉重，這些的苦痛她可以挨著，就只希望下一刻玉桂出現在她身邊安慰著。

「玉桂不會回來了，因為妳跟植物人沒兩樣，他一個十幾歲的少年是沒辦法照顧妳的，更何況他的父親一定會反對，這很現實，不過卻是個事實。」

施打藥品過後，坐在醫療室看護椅上的卻是小靡，他一邊看著書一邊無關緊要的說著。

但是這些話章琳都沒聽進去，她目不轉睛的看著天花板上的天井吊扇，什麼也沒有回應似的。

「吶，變成魔術師的終焉『蝕』的感覺是如何？」

章琳沒有任何反應。

「一百五十年前，妳迎來的終焉等待死亡，卻被審判者聯盟抓回去來吸引妳的老師，也就是人偶師卡菈來營救妳，當明知道是陷阱，人偶師依然不顧危險也要前來解放妳，應該說是來讓妳死的更有尊嚴點。」

章琳有了些微的動靜，一般人完全看不太出來，但是小靡卻異常清楚，他知道眼前的吸血鬼之王已經動搖了。

「妳分崩離析的意識見到人偶師之後就瞬間潰湜，妳恨她為何要來救妳，所以妳殺了在場所有的人，無一倖免。不，妳的老師命懸一線，她被封為『人偶師』是貨真價實，全世界的魔術師也只有她能辦到不老不死的永恆。她為妳安了新的軀殼和新的臉蛋，然後重新的活了過來，在世人認為吸血鬼之王已死在『蝕』的侵襲下時，妳卻低調著又活了一百四十七年……」

章琳瞳孔不自覺的模糊起來，她流淚了。

「吶，妳知道妳那張臉和身體是誰的嗎？」

章琳的頭輕微顫動了一下。

「是我母親的呦。」小靡輕描淡寫的說著，沒有一絲感情，「也就是說，妳只是個盜墓者，妳把不屬於自己的東西一直帶在身邊，不覺得沉重過份了點嗎？」

章琳不斷的搖著頭，嘴唇不斷的張張合合，像是在想盡辦法要把言語從喉嚨被切斷的氣管裡擠出一點點聲音。

「但妳知道我為什麼可以活那麼久來找你們復仇嗎？是因為我把人偶師的屍體煉化成寶具，她的肉體真的是個無上限的容器，太棒了！我藉由這個力量將我殘缺的身體給彌補回來，所以當晚妳吃驚的看見我使用寶具時，大概是想到妳的老師了吧？」

章琳聽到當晚將艾達的死嫁禍給她的兇手竟然是小靡，情緒不由得激動起來，雖然雙手雙腳無力，卻依然惡狠狠地用眼神瞪著他。

「不過我知道人偶師沒死，她一定在世界的某個角落裡，安了一個自己的替身玩偶。等到她死亡時，那人偶便會甦醒讓她繼續苟活下去。我猜對了吧？」

一樣沒有得到回應，兩人的眼神彼此無言的對望著一陣子，小靡見章琳的心思沒有多大的動搖，話鋒一轉又接著說。

「其實玉桂先生臨走前特別拜託我要好好照顧你，因為他和他的父親準備搬家然後尋找一個全新的生活，但是基於我和他之間的約定，我一直沒能說出口，不過看著妳這麼執著，我也不忍心這樣一直等下去……」

章琳臉部表情瞬間憤怒起來，她吃力的從切裂的氣管裡發出了聲響，雖然聽不清楚語言，但從唇形看來，像是在說「你這混蛋，玉桂絕對不會這麼做」。

「如果他有心的話早就來看望妳了，何必思考多日不見蹤影，難道這不是鐵錚錚的事實嗎？」

章琳奮力的搖著頭，鼓漲炙熱的雙頰和那快奪眶而出的眼淚，原本的希望竟然硬生生被扔在地上賤踏著，但是自己卻無力反駁。

「很遺憾……章琳小姐，我只能對妳說……」

「妳被拋棄了。」

小靡如同實力派演員一樣，用一張非常婉惜的表情和口吻訴說這件事。

章琳內心的防線終於被突破了，崩潰地潸然淚下。她腦中不斷的出現負面情緒，恨著母親為何不是在富裕的家庭生下她，所以害她成為了奴隸；恨透了德古拉給了她最初卻還來不及萌芽的愛情，便驟然離世；厭惡著自己的老師給了她第二條生命，從此消失無蹤；接二連三的被這樣拋棄著，她身心俱疲的感到厭煩。

「憤怒嗎？」小靡趴在床邊欣賞著章琳的痛苦。

08 絮亂

章琳糾結的表情和那已經濕透的枕頭，任何人再也無法阻止她去恨整個世界了。

「不甘心吧？」

章琳哭紅的雙眼，無聲的輕點了頭。

「很難受吧？」小靡的雙手放在章琳的大腿上撫摸著，那摸過的瞬間，肌膚像是有了光澤和血氣般，神經漸漸活絡了起來，直到章琳開始感覺得到腿部的麻木知覺。

「很棒的感覺是嗎？」

章琳發出劇痛但無聲無息的慘叫，小靡的手則是順著章琳的腿部往上游走著，只要他碰觸過的地方，像是神蹟般的將壞死的組織建構重生。

「想不想得到重生的機會去向那些阻礙妳的人復仇呢？」

章琳更加地猛然點頭著，她漸漸感覺得到小靡手心的溫度和觸感，簡直是不可言喻的舒適和美妙。

「那妳必須要更恨這個世界的所有人事物才行。」小靡的雙手劃過她的胸部到了喉嚨時，臉部湊近了她的耳邊輕輕的說著這句話。

那一刻，章琳仰頭尖叫了一聲，便昏了過去……

09 業火

「可惡！為什麼找不到協會的路口！」玉桂憤怒的捶打一旁無辜的大樹。

長年昏暗的樹海裡，只有畫面一致的場景和窸窸窣窣的風吹聲，四處的鳥叫蟲鳴聲響，其它的什麼也沒有，就常理來說，這裡只是個極其陰暗的自殺聖地。

玉桂無可奈何的情況下，他拿起了手機撥給了比利楊，許久後電話那頭才接起。

「比利楊你在哪裡？我需要你的幫忙！現在情況緊急！」玉桂還沒等對方回話時，立刻連珠炮的說著。

電話那頭只聽到巨大聲響、磚瓦破碎的聲音和女性的尖叫聲，遲遲沒有聽到比利楊的回話。當玉桂準備掛上電話重新撥打之際，終於聽到一個狼狽的聲音：「……呦！你這小子還真會挑時間打給我啊！」

「你終於接電話了！快來這邊幫我一下，我現在──」

「抱歉──」比利楊打斷了玉桂的求救，「我這邊可能比你還危急。」

「什麼回事？」

「回到租屋處時，遇到了慧香來關心我們的缺席，沒想到那傢伙突然殺了出來……」

09 業火

「那傢伙？」

「就是那個叫小靡的小鬼身旁的保鑣。」

玉桂驚訝的說不出話來，沒想到小靡那傢伙竟然會想到優先處理掉比利楊，看來他覺得狼人忠心的性格是難以說服的目標，不如殺了免除後患。

「……就這樣了，我暫時幫不了你了，我現在除了要保護慧香以外還要騰出手來料理眼前這傢伙。玉桂，拿出你當初對我的勇氣，一定有辦法可以突破困境的……」比利楊說完便掛上了電話，留給玉桂的只有精神上的支持。

「我怎麼這麼沒用！」玉桂如此的想著，到現在還想著要依靠別人，自己卻在一旁坐觀其成而已。

他明明感覺得到那種厭惡感，那種與生俱來的能力，清楚的知道協會的結界就在附近，但是之前是艾達帶他們進去的，先前的魔術暗示也在離開這裡之後消失怠盡。不過那結界並不難解，而是需要行走路線來解除眼前這道屏障，但是艾達為了不讓他記住所走的步數和方位，不斷的透過交談來破壞玉桂的記憶力，現在硬生生地朝海馬體深掘那道記憶，有點太過困難且浪費時間。

「只能憑自己厭惡的感覺了。」

越靠近魔術師的時候，玉桂越能感覺得到不舒服，就像是無形的壓力掐著咽喉一樣，讓人無法呼吸的痛苦。不過現在已經今非昔比了，反而慶幸有這項第六感能突破目前的困境。玉桂一邊頂著不適感一邊前進著，越來越近也代表越來越強烈的壓迫感。

玉桂不知不覺在沙土上踏出了一道如尼文字，直到前方景色漸漸如波紋一樣的錯覺出現時，玉桂立刻大腳邁出，畫面立刻變換到熱鬧非凡的市集裡，四周出現人來往的人潮，但是周遭沒人對玉桂突然的出現感到意外，因為這對於魔術師們進出這個協會基地是稀疏平常的事，沒有什麼好驚訝。但本身身為雜種的玉桂自然是不能跟那些魔術師相提並論，他低調的朝著協會的本部位置走了過去。

雖然陸陸續續有許多人也是這要憑空出現，但那只是來自各地的魔術師回歸聖地如此而已。

不過玉桂仍然感覺得到有人在監視著他，不管如何裝出自然毫無露出不協調舉動，依然有人緊跟著他不放。

「魔術師協會分部的人嗎？」玉桂如此猜想著，但是阻此不了他想救章琳的心。直到玉桂到了協會門口，跟蹤的人都沒有對他下手，一進門的時候那監視的目光便消失怠盡，好像只是觀察似的。門口的戒備人員也沒有多加阻攔，就讓玉桂順利的進到協會中附設的醫院裡。

玉桂沿著長長的走廊低頭行走著，深怕遭遇到像小靡身邊那位爪牙的襲擊，畢竟他並沒有比利楊那種抵抗能力，如果在這裡被纏上了，更別說是解救章琳，連自己都必死無疑。

每越過一個陌生人時，玉桂總是心跳加速的撲通撲通狂跳，直到眼角餘光掃到章琳所住的那間個人醫療室時，玉桂伸手迅速的轉開手把鑽了進去，然後把門帶上，那一瞬間才鬆了一口氣。

但是映入眼簾的竟是空盪盪的病床，棉被、床單和被套全都凌亂的擺放著不說，上面一道道像是指甲用力緊抓撕裂的痕跡，就連章琳最後所穿的病理服都破損不堪的躺在床上。

「章琳？」玉桂的聲音有些沙啞。

沒人回應，只有一旁的窗戶半開著，外面一陣冷風將窗簾吹起，裡面已經沒有誰的存在了。玉桂無力的跪在地上，雙手用力的捶向地面大吼著：「混蛋！」

他拼了命的回來這裡，結果卻不是自己所想要的，更別說去想像章琳是否遭遇到什麼恐怖和無助的事情，因為根本辦不到。

淚水斗大的落在地上，除了悲憤和流淚外，玉桂只覺得自己無能至極才導致這種局面出現。

喀嚓，門把突然的轉動起來，接著門被小心翼翼的推了開來。

「誰！是章琳嗎？」

一位女性走了進來，但並不是章琳，而是一位面熟的短髮女性。她睥睨著跪在地上的玉桂一眼，然後警戒般的巡視著室內各個角落。

「妳是！」玉桂突然瞪大眼，瞬間理智線崩壞的起身衝向那女性，「妳這傢伙還敢來這邊——」

短髮女性只是稍微的往側邊移了一寸便躲過玉桂揮出的拳頭，然後俐落的抓住他的身體，施展了一記大外割制服了玉桂。

「唔……」玉桂被短髮女性壓制在地，痛苦的說不出話來，只見那女性順勢用身體的重量就封住他的行動，兩個人近距離縛鬥的身體接觸，不僅感覺得到對方的體溫和心跳，還有昨天用了什麼品牌的洗髮精沐浴乳之類的味道。

「說……那位傷了我部下的女魔術師在哪裡？」

「哼！我怎麼可能告訴妳這個叫障壁的審判……嗚哇！」玉桂因那女性折拗的手更加出力而叫了出來。

「明明也是個雜種後裔，為什麼還要幫他們？」

「我才不管你們審判者跟魔術師之間有什麼千年恩怨，我只想幫助我的朋友而已，就只是僅僅如此。」

09 業火

「胡說八道！」短髮更加不客氣的說：「我明明看到朧馬老前輩出了車禍後，你頭也不回的逃了出去，所以我馬上聯絡救難人員到來，並追著你來到這邊，一路上你鬼鬼崇崇的隱匿行蹤，不就是要見那個被我打傷的女性魔術師嗎？」

「你說的那位前輩……他是我父親，是他強行要阻止我救人，所以我才製造了一點小車禍……」

「什、什什什麼？你、你是那位我崇拜的前輩的……兒子？」短髮女性一副驚訝的臉說著。

「我爸沒什麼大礙吧？」

「只是左手腕骨折而已，基本沒什麼事……難怪老前輩一直對我說『去幫我把那個臭小子抓回來』，所以我才……」

「我也不想鬧成這個樣樣，但是他太固執而且不講理，沒辦法才用這招險棋。」玉桂見女性停止出力，他伸手另一隻手拍了拍她的身體，示意對方可以放開他了。

「啊！真的不好意思，我真的不知道你是朧馬前輩的兒子，請原諒我的魯莽！」短髮女性站了起來，順勢伸出了手扶起了玉桂。

「不用那麼在意啊，我對這種事情……」玉桂說到一半才發現那女性一直盯著自己的下半身看，而玉桂這時低頭才發現自己竟然有了生理反應。

短髮女性瞬間滿臉通紅起來，語無倫次的說：「這、這這這是什麼！你這變態！」話才剛說完，女性猛力的揮出一記直拳擊昏了玉桂。

✣

「那個……剛才很對不起，我真的不是有意的……只是太突然……」短髮女性遞了一條包著冰袋的毛巾給坐在病床上的玉桂。

玉桂則是接過毛巾按在鼻梁上，「嗯沒事的，那是我的問題，因為妳突然貼那麼近所以才──」

「別再繼續這個話題了，我這個人很保守的，對不起。」短髮女性害羞的低下頭，然後伸手阻止了玉桂說下去。

「啊……我叫玉桂，那我該怎麼稱呼妳呢？」

「佳奈。嗯，叫我佳奈就行了，畢竟我們年紀差沒多少。」叫做佳奈的女性露出了微笑說著。

「我會記得的。佳奈，我只是想坦白的跟妳說，我來這裡的的確確是要見那位女魔術師，但是她在我來之前就消失無蹤，我起初還以為是你們審判者做的，所以才攻擊了妳，真的不好意思。」

「原來如此……不過我還是第一次遇到完全沒有殺傷力的襲擊者呢！」佳奈笑的

09 業火

天真無邪，殊不知玉桂只有緊皺眉頭的苦笑著。

鈴鈴——此時佳奈身上的手機響了，她順手接起了電話，那是款掀蓋式的古董手機。

「喂，BOSS，朧馬的兒子是嗎？我找到他了。是，是……好的，我會先帶他回審判者本部的，請放心把這個事情交給我來處理……嗯，拜拜。」佳奈掛上了電話，通話內容毫不掩飾的大剌剌性格，似乎是她的風格之一。

「玉桂，跟我回本部吧！」

「我拒絕。」

「你想死嗎？」佳奈不懷好意的提起拳頭笑著。

「我不敢再領教妳的柔道技巧了……但是請妳體諒我想保護同伴的心情，就像是妳來這裡也想為部下報仇的心思一樣。」

「互相體諒是嗎？我可以接受，去吧！去把那個女魔術師找出來，我們先離開這裡，之後我再找時間跟她算總帳。」

玉桂只是無言的搖搖頭，接著說：「她在這裡療傷的時候遇到致命的意外，已經變成了普通人了，而且還全身癱瘓僅剩頸部以上有知覺。」

「那她人呢？」

「不知道，我趕來的時候，就是這樣子了……」玉桂伸手摸著床上破碎的衣物，那裡似乎還感覺得到餘溫似的。

玉桂的一舉一動佳奈都仔細的看在眼裡，她心疼般的摸了摸玉桂的頭安慰著。

「同為女性，我能清楚知道她是一位很有韌性的人，畢竟和我那麼激烈的爭鬥過……一定沒事的。」

「嗯……大概吧。」

「那你現在更不能留在這裡，我感覺得到四周都是滿滿的惡意，對你我都是不利的地方。跟我回本部吧！我能協助你找到那個女人的！」佳奈俯下身對著失落的玉桂如此打氣著。

他點了點頭，露出了許久不見的微笑回應著。

✣

佳奈帶著玉桂來到了她所說的本部——一棟二十層樓高，外觀看起來像商業辦公室的地方。裡面的人看起來，比魔術師協會的那些怪里怪氣魔術師們好多了，至少他們是吃正常的食物，手裡拿著是咖啡，而不是死敵的臟器。但是他們步調卻異常的快速，且缺乏了些人情味，只是埋頭於自身的事物上。

但是佳奈看得出組織裡像是發生什麼大事般，大家才會繃緊神經的工作著，她隨

09 業火

口問了同一班的組員，才知道組織已有多名審判者殉職了，而且兇手是個精通各種對人寶具和攻城寶具的魔術師。

隨後玉桂被帶到這棟大樓的頂樓辦公外，莊重的木質大門配上銀器般的金屬裝飾，顯得有些威嚴和隆重。

佇立在門外的兩人，互相對視了幾眼後，佳奈便上前伸手整理著玉桂的頭髮和衣物，害他滿臉通紅的害羞著不知目光要放哪裡去。

許久後，她覺得合格滿意時，才輕敲了大門，然後扯開了嗓門喊著：「特殊作戰二科，佳奈三等士官長請示進入辦公室！」

「請進。」從門內可以聽到一聲溫柔細小的女性聲音。

「謝謝 BOSS！」佳奈推開了門，非常謹慎的走著腳步，抬頭挺胸的模樣讓玉桂也不自覺的模仿起來，深怕得罪了這裡的頭頭。

房門一開，處處可見的單一的顏色，就畫面來說有些特立獨行，沙發是黑的、茶几是黑的、杯子茶壺是黑的、花瓶是黑的，就連裡邊的花也是朵黑玫瑰。更別說辦公桌上的那位女性也是黑色禮服，她正低頭審閱著文卷，那波浪般的捲髮讓玉桂有些既視感出現。

「BOSS，朧馬先生的兒子我帶來了。」佳奈端正站在辦公桌前，絲毫不敢馬虎應對。

這讓玉桂開始好奇眼前的佳奈上司有何能耐，竟然能讓自己的部下如此畢恭畢敬。但是當那位女性抬頭的時候，玉桂楞了一秒鐘後，頓時驚訝的大叫著，一邊靠著辦公桌指著她說：「妳、妳不是前幾天在我家出現的那位……」

「你這傢伙！給我放尊重點！BOSS可是我們審判者聯盟的統帥之一！」

「妳說她是……？」玉桂依然搞不清楚狀況，但聽得出佳奈的口吻，大概略想得到這位是父親朧馬以前的上司藍嵐。

藍嵐一抹微笑的看著玉桂，並沒有責備還是行使權力要玉桂道歉，只是手心向上的指向沙發方向說著：「請坐。」

玉桂點點頭，正要轉身走向沙發時，他身旁的佳奈則是朝藍嵐的位置走去，這讓玉桂有些好奇的側目著，直到佳奈雙手扶在藍嵐的椅背上時，玉桂才驚覺到事情並不單純……

那不是一個普通辦公椅，而是一個獨特外觀的輪椅。

「這怎麼回事……？」玉桂無法置信的問答著，「明明前幾天還好好的不是嗎？」

「你說這個呀，是沒什麼好隱瞞的事情。」藍嵐掀起自己的黑長裙到了大腿附近，然後稍微的遮掩一下以免曝了光。

09 業火

直到膝蓋部分露出了截肢過的痕跡時，玉桂瞬間噤聲，驚訝的不知所措。

「那天和朧馬先生見面，我是穿著戰鬥禮裝才讓你誤以為我是個正常人，其實我的腳已經在十年前那場大戰中就沒了。」

「……戰鬥禮裝？……十年前大戰？」玉桂露出有些同情的眼神問著。

「所謂的戰鬥禮裝是我們這裡的統一稱呼，你一定有從魔術師的朋友那裡聽過『寶具』這個名詞吧？」

「原來如此……」玉桂雖然知道了，但心中仍然五味雜陳。

「你是不是在想『那應該就是某個魔術師死亡之後，留在這世界的唯一痕跡』是吧？」藍嵐像是看穿玉桂心思般的瞇著眼娓娓道來。

「沒、沒這回事，我不是說你們是那種……」

「你想說我們是盜墓者嗎？」

玉桂立刻背脊涼了一下，他冒著冷汗覺得眼前這個女人非常的厲害，像是有讀心術一樣，怎麼事情都無法瞞過她似的。

「呵呵呵，別這麼吃驚啦！我只是擅長邏輯的運算而已，如果和你心裡所想的一樣，那也只是巧合，絕對不是什麼讀心術。來，請坐、請坐。」藍嵐抬起右手微微的向玉桂招招手，要他坐在沙發上。

「唔……謝謝。」原本還不拘禮節的玉桂，頓時變成了害羞的小男孩一樣。

「我可以一五一十的告訴你，以前的我們確實有那麼做過……我指的是把魔術師的遺骸製成戰鬥禮裝來使用，但是漸漸的我們發現有些魔術師們的同袍之愛是很深的，這不僅無法達到一物剋一物的做法，反而還激起他們的復仇之心。所以，當我從上一任接手這個領袖位置之後，就不再做這種事了，現在這些禮裝只是參照世界各地的魔術師能力，所製成的科技產品。當然這只是我一廂情願的做法，並不是世界的每個領袖都會如此去做，畢竟魔術師之間也會將我們的『審判者遺骸』做成美食的舉動出現……很矛盾吧？」

「……確實是讓人省思的想法。」玉桂開始對眼前的女人……不對，應該說是藍嵐所帶領的審判者聯盟改觀了，以前只從章琳和比利楊身上聽到單方面的看法，並沒有實際接觸過他們，確實是個了不起的女人。

「好了，那我們切入正題吧！也就是你所提問的第二個疑惑『十年前的大戰』。但那卻不是和魔術師間的世仇之戰，而是個內戰。也就是所謂的『背叛者』出現，那還是我隸屬的小組成員之一……」

「藍嵐小姐所指的應該是現在位居魔術師協會分部的當家——小靡是吧？」

藍嵐微笑的點點頭，「看來朧馬已經跟你提過這件事了。」

「我父親確實有透露這個訊息給我，但是他不清楚為什麼小靡會選擇叛變這條路，我想藍嵐小姐多少一定知道些什麼吧？畢竟曾經是自己的部下……」

「雖然你年紀還小，但是觀察卻是挺敏銳的。」藍嵐淺淺的笑著，然後從披在身上的外套口袋裡拿出了香菸，「不介意我抽根菸吧？」

「請。」

在一旁默默站著的佳奈，順勢的在她拿出香菸含在嘴裡的那一刻，便拿出打火機點著了菸，像是心靈相通般的同步，讓人覺得非常不可思議。

「呼——」一陣白煙飄過了玉桂面前，那味道嗆鼻的讓他差點咳了出來，但他刻意的選擇忍住。

「魔術師在凋零前所選定的繼承者，除了一小部分是傳給非正式血統的人外，絕大部分都是世襲給自己親人或是子孫。小靡的家族也不例外，但是他的父母身為世世代代名門望族的念力師，竟然選擇投靠了審判者聯盟，不過那是出於對孩子的愛，小靡的父母不願兒子繼承他們的血統，然後繼續這永不停歇的戰爭，所以自願協助我們發展和研究對抗魔術師們……」

藍嵐抽了幾口菸後，便將菸熄在桌上的菸灰缸裡，接著說：「小靡曾經告訴我，那是一百五十年前的一場大災難，當時他的父母為了研究『蝕』的起始和終末，慫恿了第十三任統帥去捕捉了一位接近臨界點的魔術師，不過卻低估了一切的風險，審判者本部那年絕大部分的精英都死在那個意外之中，要不是來了魔術師的異類『人偶師』的話，我想，現在應該只會有魔術師協會獨大的情況。」

「事後小靡因父母研究的重大疏失而獲罪，他被監禁在時鐘塔裡長達一百三十五年，直到那年開始大量錄用魔術師為先鋒隊員，也稱做是敢死隊時，才讓他終於有機會一吐百年的怨氣。十多年前，我從審判者的培育機構畢業，隨即就被分發到一個傭散的萬年弱隊裡，而我也只是裡面比較進入狀況的新人，所以馬上被任命為新隊長，同時小靡也在那時候解除了監禁，一起拼博了多年……話說你爸爸當初也是個讓我頭痛的問題人物唷，應該說整個團隊都是些怪胎，現在想起，真的是很懷念……」

「聽起來不可思議啊，我那木納的老爸竟然也有那個時候……」玉桂臉上露出意外的笑容。

「是啊，那就是另一個故事了，有機會的話，我找時間說給你聽聽『我們那時候豐功偉業』。回歸正題，小靡也是在那時候充分得到了舞台和機會，再加上他後天的努力，被歷史評為最優秀審判者也不為過。託他的福，我這隊長也因此沾了不少光，但隨著小靡功蹟越高，接觸的機密要件層級也越高，之後情況開始失控，很多審判者出任務的時候都會遭到魔術師的埋伏，陣亡人數節節攀升，而你父親當年也不知什麼原因，毅然的退出審判者聯盟，只有囑咐我要小心小靡這個隊員而已。起初我還沒什麼放在心上，直到我和我的隊員們也遭受到魔術師協會的埋伏，全員死傷過半的我部隨即緊急撤離，而我也被上頭責難，雖不至於降職，但也被冷凍了一陣子……」

「好不容易振作起來時，才發現這一切的黑幕推手竟是小靡所做，我猜想是他接觸的機密文件裡有他父母的相關事情……不過是什麼原因，他始終沒有說出口，我質問他的同時也安排好數百位聯盟的精英來逮捕他，但天才終究是天才，我們集百人之力不過是讓他重傷，而我們則是幾乎全數被殲滅……只有我被救了起來，但也因此失去了雙腿。現在想起，可能是他對我有些手下留情吧……」

「原來如此……」玉桂吐了一口氣說著。

「小靡也算是全身而退了，而我因為用生命保全了整個審判者聯盟本部，開始平步青雲的升到這個位置。在那之前沉寂了好幾年，直到最近又發現到他的『靈壓』出現，我才開始有他之後的線索……」

「藍嵐小姐，所謂的『靈壓』是指什麼？」

「你確實是該知道……佳奈！」藍嵐一個眼神看向身旁的佳奈，但是她有些吃驚的發出唇語，似乎是想說這個東西極機密，如果資訊外流豈不是沒了先手的優勢。

「玉桂不是外人，他是我們的救世主。」

藍嵐突然的這句話，讓玉桂慌張到不知如何是好，自己根本只是個普通人，頂多有個血統而已，但這裡的審判者們不也是這樣嗎？並沒有什麼特別的地方讓人害怕。

佳奈走向另一張桌子前，那裡擺著一台類似終端機的電腦。她快速的輸入的帳號和密碼，接著操作了裡面的介面，然後玉桂前方的天花板就降下了一道偌大的螢幕，上面的畫面像是氣象圖般的存在，如同氣壓般的緯度線和像是低氣壓、高氣壓的圓圈在上面。

「這是……？」

「所謂的『靈壓』，是指著魔術師自身特有的力量，一般正常人是感覺不到異狀，但是像我們這些魔術師後代們來說，雖不能無時無刻的使用能力，但卻能感覺『他們』的接近，我想玉桂一定也有這種感覺，是吧？」

玉桂恍然大悟般的猛點頭。

「全世界所屬的偵查班是負責搜集所有區域的災象，那看似天災造成的損壞，其實是魔術師戰鬥後所留下的痕跡，藉由精密的儀器採集到的微弱元素，我們便能追蹤其方位，精確度高達正負值四％左右。再來……這張現場探勘的照片，你應該有印象吧？」

玉桂看著藍嵐纖細的玉手將佳奈遞來的照片攤在桌子上，一張又一張的按時間序列呈現給他看……那一瞬間玉桂立刻臉色大變，他驚訝的無法言語……

那是……那一天，章琳被分屍的那一天……也就是我和她第一次開口說話的地方……

「看你的表情大概已經知道兇手是誰了。」藍嵐喝了一口佳奈遞上的熱茶。

「所以我和同伴們所經歷的事情，這一切都是小靡所做？」

「是主導，連我們都被他牽著鼻子走。」

「可惡！」玉桂憤怒的將雙手捶向桌子，上面還擺著他還來不及喝的熱茶，液體四處飛濺弄髒了桌面。

看著佳奈不發一語的幫他整理著桌面，玉桂輕聲說了一聲「對不起」，便靠在沙發上沉思著。

「小靡為什麼要把觸角伸向你周遭的魔術師朋友們，這個原因我現在依然想不透……但還好小靡沒有把你的存在當作是個威脅，這是值得慶幸的事。」

「我並沒有藍嵐小姐所說的那麼厲害吧？什麼救世主？你們是不是搞錯了什麼……」

「不對，沒有搞錯。在你還很小的時候，你父親曾經有將你送來我這邊檢查，但並不是確認你身上能力，而是想確認你是不是有遺傳到母親的血統。當確定遺傳到魔術師的血統後，你爸爸朧馬露出很失落的表情，像是在說害了孩子一樣的責備自己，但是我再詢問生育的女性是誰，你爸爸便一言不發的離開了這裡，直到最近才聯絡了我。那天正好是你揹了一位不知從哪撿來的魔術師女孩回家，他為了你的安危，拜託我監控和趁機除掉那位你撿回來的魔術師……」

「臭老爸竟然做這個事……」

「那不是你爸爸的錯，而是你身邊那女孩真的太危險，我媒合了快百年的資料，依然查不出她是誰，那位魔術師若不是特別低調，就是殺人不留痕跡，亦或是她有一種特別的力量，才吸引到小靡出手。」

「……在我身邊那個女孩她叫章琳，是一位吸血鬼魔術師。」

「我找過的資料裡，有近千位吸血鬼屬性的魔術師，但就是沒有這位叫做章琳的資料，照理說魔術師最長覓食週期是不超過一個月，結果比對她現在採集到的體液，卻什麼也發現不到任何訊息，就像是突然橫空出現一位非常厲害的魔術師一樣，讓我們非常吃驚和不安。所以玉桂，你能透露消息給我們知道嗎？」

「我所知道的只有這些，畢竟她從不提起過她的身世……等、等等，我想小靡曾經要我去逼問章琳說出『人偶師』的下落，難道說……？」

「人偶師？不可能！」在一旁聽到這名稱的佳奈，瞬間臉色大變的吼著。

09 業火

「佳奈，冷靜一點。既然是小靡千方百計要查出的人，我想那位叫章琳的女孩一定和她有些關係，最大的可能是一百五十年前人偶師拼死救走的那個魔術師，就是章琳……如果這一切是真的，全數的理論就說的通了……」

『歐——歐——』辦公室突然警鈴大響，而螢幕上的氣壓圖突然變成了紅色，然後接近了玉桂的家附近。

「BOSS妳看！」佳奈指著螢幕上突然出現的一道非常大的氣壓，也在剛才的紅色氣壓旁，「是小靡！他開始行動了！」

「那個方位不是我家嗎！」玉桂幾乎從沙發上跳了起來。

「朧馬先生可能把自己當誘餌來吸引小靡上門。」

「藍嵐小姐不是剛說過，小靡對我一點興趣也沒有，但是為什麼……」

「這我也不清楚什麼回事，但事實上，朧馬先生確實把對方吸引過去了……總之我們要趕過去馳援朧馬先生，對不起，請你在這等我們回來好嗎？」

「不要！我要跟你們一起去！」玉桂緊緊抓住藍嵐的手不放。

藍嵐盯著玉桂的雙眼凝視了幾秒，知道他意志堅定的眼神，便緩緩的點頭答應了，接著說：「但是你不能逞強，因為你現在還不知道如何應對魔術師的攻擊和防禦，躲在我們身後可以嗎？你不這麼做的話，那我必須將你強制留在這裡！」

玉桂輕吐了一口氣，然後說：「知道了。」

隨著佳奈推著藍嵐進去著裝室替換戰鬥禮裝，玉桂則是站在螢幕前看著那似懂非懂的畫面，心裡卻是異常的忐忑不安。

✣

一位身材艷麗的女性正站在玉桂的家門前，她故作姿態的輕按了門鈴，但是許久沒人回應，然後才嘗試般的推開了大門，那並沒有上鎖而且還開啟的狀態，像是刻意在等人上門似的。

「我進門囉呦。」女性跨張的語調說著，便帶著微笑若無其事的闖進他人家裡面。

但是一進門沒多久，便看到不遠處有個男人身影坐在原地，因為太暗了彼此都看不到對方，女性只好伸手按壓玄關處的走廊燈開關。

啪噠——燈一亮起，朧馬原本閉目養神的雙眼，慢慢睜了開來，惡狠狠地看著眼前的女人。

「九尾妖狐艾達……妳應該在十年前就被殺死了才對……」朧馬深沉的聲音打量著眼前已經該入土為安的女性。

「確實是死了呦！不過我的主人給了我新的生命，所以我們才有重逢的機會，就像紅線牽引的一樣。」艾達也不再隱藏自己的身分，那九根毛茸茸的尾巴就大刺刺的

09 業火

在空中飛舞著。

「有重構人體機能的人，只有人偶師才能辨得到，妳的身體應該不是『那種東西』，我說是吧？」

「答對了呦！我只有靈魂被招喚了回來，但是身體還是維持在屍體的模樣，非要在這個爛掉的軀殼上花一番功夫才行，至少我還像當時一樣看起來很有女人味吧？」

「鬼扯。妳來找我不僅僅只是寒喧這樣吧？」朧馬拍了拍自己膝蓋上的灰塵，看樣子是等了一個晚上了。

「別這樣，我曾經可是那麼地那麼地喜歡你，至少也讓我關心一下你左手上的傷勢吧？」

「對一個已經結過婚生過小孩的中年男人說這種話，是想破壞別人家庭是不是？」

「當然呦！十年前辦不到的事，十前後我一定要討回，順便把那『女人』留給我的苦痛還回去！」艾達蓄勢待發的模樣，準備對眼前這個讓她又愛又恨的對象展開攻擊。

「別把她扯進去，那也只是妳一廂情願的想法！」朧馬右手舉起一個公事包，然後用大姆指彈開了開關，那公事包瞬間變成了一個驚人的大型加農炮，露出結實手臂肌肉的朧馬，舉起似乎不那麼費力。

「真有型，不愧是我曾經愛過的男人……」艾達不懷好意的笑著，「跟你那還沒發育完全的兒子相比，我還是比較喜歡現在的你。」

「在別人兒子身上下了詛咒！妳有何居心！」朧馬沒等艾達反應，瞬間朝她射出了無數發的魔術子彈。

但是艾達也不是省油的燈，九個尾巴分秒不差的將那些子彈擊落，只聽到地上發出了噹噹噹的金屬聲響起。

「原來是你把玉桂身上的詛咒攬在身邊啊！真是偉大的父親。如果他是我們兩個愛的結晶，我就不會對他下手了，這都怪你呦！負心男！」艾達飛向的朧馬身邊，手指變成了一把利刃，準備刺向他的喉嚨。

朧馬依然不慌不忙的舉起加農炮，然後提起炮身朝著艾達揮了過去。艾達見狀趕緊下腰躲過了一陣猛擊，那力道機乎把家裡的牆壁都打出了一長條大裂痕。正以為躲避掉朧馬攻擊的她，竟還來不及抬起頭來，就被朧馬膝蓋重擊的側身，一個怪力將她撞碎好幾處牆壁，而隔壁正在看電視的一男一女鄰居嚇得趕緊奪門而出。

幾個碎石而塵埃落在艾達身上，她微微的顫抖了幾下，便用了尾巴撐起自身的重量往後翻了幾圈，然後一邊擦拭著嘴角上的鮮血說著：「打女人是種不紳士的行為呦。」

「那也要看看那女人對我的妻子和兒子做了什麼。」朧馬張手一揮，將身旁礙眼的塵土一掃而盡。

艾達伸出五指，指縫中夾了幻術晶球朝著朧馬投擲出去，無數的光線向四周炸了開來，艾達仍然沒有停止攻擊，她在前方聚集一個大型能量球，然後雙手托起，待能量球飛翔在高空後，艾達頓時騰空朝著球體用力側踢，那像是火炮般的威力直直的轟向朧馬身邊，眼看閃避不及，朧馬立刻將加農炮擋在面前，用此來降低傷害。

轟隆——

一聲巨響過後，加農炮依然毫髮無傷的立在他們之間，只聽到朧馬乾咳了幾聲然後一個轉身舉起地上的大炮，朝著天空射出藍色魔術導彈，趁著艾達還沒來得及回到地面時，殺著她措手不及。

待刺眼的強光散去時，兩人都在地面喘著氣，全身衣物破爛不堪，朧馬露出精壯的上半身，艾達則是僅剩幾塊布料擋住她姣好的身材。

「我不想把戰線拖那麼長，用你的寶具吧！艾達！」

「呵呵呵，你還是那麼急性子啊，也對，你一點也不想看到我這張可恨的臉是吧？」

「跟這個一點關係也沒有，因為妳已經不是以前的妳，現在只是個傀儡，多說無益！」朧馬一說完話，便扛起了加農炮，然後不斷聚集能量，準備來個一決勝負。

「真無情哪……朧馬……」艾達終於亮出了自己的寶具在面前，隨手一撥眼前的空氣出現一陣漣漪，「青之障壁」也就是艾達手中所握的戰鬥禮裝原型。

「真懷念以前妳總是用這招來馳援同伴，對上有妳的魔術師團隊，那可真是令人頭痛的一件事。」

「你的讚美我接受了呦！不過擁有最強之槍的你，和擁有最強之盾的我，從沒有單獨比試過，現在可是要彌補十年前的遺憾……可別讓我失望了，親愛的！」

朧馬和艾達兩人微笑的說的這件事，然後隨著加農炮射出的巨大光線穿過了天空的雲層，讓趕來路上的玉桂眾人看傻了眼，佳奈緊急踩了剎車，車上的三人立刻下了車朝著不遠處漸漸消失的光線看去。

「這是朧馬先生的戰鬥禮裝——地獄犬伽司特所發出的力量……」

「BOSS……怎麼辦？我們現在要直接封鎖整個街區嗎？畢竟——」佳奈一邊撥打電話指示組織裡的人開始行動，一邊擔心市民的模樣。

「來不及了，況且朧馬先生特意朝著仰角三十度以上攻擊，代表他已經想到把傷亡降到最小，我們繼續趕路吧！」

愣在原地的玉桂，無法相信眼前所看到的巨大能量是那個整天無所事事的父親所擊出的，那個對比實在太強烈了，導致現在有些混亂。

「玉桂快上車！我們要趕快到你父親身邊，他有危險了！」

他點點頭，不發一語的快速坐上了車……

✣

磚瓦一片又一片的落下，四處飄散刺鼻的塵挨和周遭被觸動的汽機車警報聲響，一位全身裸體的女人倒在殘破的木門下，她閉上眼睛毫無生氣的模樣，若不是心臟還有微微跳動，還真讓人以為已經死亡了。

朧馬提著笨重的槍緩緩的走了過來，在她面前停下了腳步，然後隨手的將手上的武器扔在一旁。

「妳最引以為傲的並不是絕對的防禦，而是千倍反射。但妳卻沒有這麼做……是在小看我這個已經中年的男人嗎？」

「咳咳……才不是呢……我從來都不曾在我們決鬥中放過水，你是知道的。但是這個身體限制太多，最多做到的只能是這樣……」

「那妳為什麼要給我時間去做這件事，明明知道我這招式的弱點，卻傻傻的站在原地接我的招式？就這麼想再死一次嗎？」朧馬脫下身上破損不堪的外套蓋在艾達的身上。

「呵呵呵……咳咳……死在你的手上……總比被當作棋子丟棄的好……朧馬你知道嗎？我的使命已經達成了……」

「使命？」

「就是……拖你一起下地獄！」

朧馬還來不及反應時，艾達從胸前穿出一道赤紅色像血一般的尖刺，它不僅貫穿了朧馬的身體，也把艾達剩下的生命給瞬間抹去，只剩下靈魂灰燼飛散在各處。

「唔……」朧馬雙手阻擋尖刺再深入突破進去，他舉手用力擊碎眼前的血紅色物體，然後痛苦往後退了幾步，口吐出的鮮血馬上被吸入了地面，接著一道道紅色光線從地面上顯現出來，像是如尼文字一樣的向四周展開，那個範圍涵蓋了整個城市。

朧馬正要伸手撿起地上的武器時，一道血紅色的鞭子揮了過來，他只能瞬間反應的朝著安全地方滾了過去，但是武器也被血鞭給撈上了半空中，然後隨著地心引力的作用落了下來。

咚——

一個沉重的金屬聲落在一個紅色眼睛的長髮女孩身前，她身上穿著的是玉桂學校的女性制服，略短的裙擺下露出了白皙的大腿，正踩在朧馬的加農炮上。她高傲的抬起了下巴，面無表情看著遠方受重傷的朧馬，一股股炙熱的紅色怨氣圍繞在她的身邊。

「這麼快妳也當起小靡的走狗了……章琳！」朧馬蹲在地上，似乎是沒有多的體力站起來了。

「隨便你怎麼說都好，已經無所謂了。」章琳用力的將腳下的武器踢到更遠的建築物裡，接著緩緩的走上前：「我回來這裡是想對你復仇，你應該知道吧？」

「對我復仇？這麼的抬舉我……」

「別那麼地驚訝，畢竟我還曾想過叫你一聲『公公』，但是現在想起來，還真是南柯一夢的笑話。」

「『公公』我可是受不起……妳是在怪我阻止你們這樣繼續下去嗎？不自己想想一個活了近三百年的女人，時時刻刻都在誘導我的兒子去繼承你們魔術師的遺志，誰能不擔心？」

「擔心？真是多餘。玉桂原本就不是那種人，但是他最後卻選擇了和你一樣的道路，我想我的老師一定覺得你們男人真的是爛透了！跟我現在的心境一模一樣！」

「妳果然已經察覺到玉桂的與眾不同了，吸了他的血發現的吧？」

章琳失笑的搖搖頭，接著說：「緣分這種東西，一眼就可以看穿了，畢竟他身上可是有老師的味道，第一次見面時我就知道了。」

「哼……原來如此，那她現在在哪裡，我想妳一定知道的，因為妳的身體一直以來都是她製作的，跟小靡那種下三濫借屍還魂手法不一樣。」

「我憑什麼告訴你。況且你馬上就要死了，給你答案也是只能陪著你下地獄，可不是嗎？」

「是嗎？那最後能給我的個面子，放過我兒子，也放過妳自己吧。」

「哈哈哈，蠢話一堆！我來這裡不僅僅要對你復仇，也是要對玉桂復仇！你放心吧！很快的他就會下去陪你了。」章琳用衣角遮著嘴大笑著。

「是嗎？那我真的不得不拼上這條老命了……」

朧馬用盡了全身力氣站了起來，然後擺出了空手戰鬥的姿勢對著章琳……

✣

佳奈一邊攙扶著藍嵐，一邊四處察看街道受損的狀況。而玉桂眼前看到自己的家已經成了廢墟，著急的尋找父親的蹤影，看著路上有好幾個審判者的屍體，玉桂更加心急如焚。

藍嵐一臉沉重向同仁的屍體祭拜著，而佳奈則是埋沒在混亂的通訊中無法自拔，遍地開花的災情接踵而來，一堆目擊到魔術師和審判者戰鬥死傷的畫面都被拍了下來，正在殘瓦下未斷電的電視裡播放著，一切都失控了。

尋覓了一陣子，玉桂才發現離家不遠處從地面竄出了一道紅色晶體，就像血液一樣的鮮紅色，尖端的上面插著一個人影。玉桂顫抖的全身，不自覺的朝那移動了過去。越來越接近，就越來越清晰，一個健壯的男人狠狠地被崁在那上面，臉部滿是鮮血，完全看不到表情。

「玉桂！不要……」藍嵐這時候趕了過來，阻止了玉桂的衝動。

「啊——」玉桂甩開了藍嵐的手，死命的朝著父親的屍首奔跑過去。

但是佳奈一個飛撲，將他硬生生的壓制在地面上，任憑玉桂如何哭喊，佳奈死都不肯放手，畢竟前方有可能充滿了陷阱，去了必死無疑。

「玉桂請原諒我們，這裡都被下了一種血之祭壇的如尼文字，現在有什麼動作，只會增加我們的死傷，先從這裡撤退吧！」藍嵐握緊了玉桂的手，她的手心充滿的汗水和熱氣。

「但是我老爸……我老爸他……」

藍嵐有些沮喪的低下頭搖著，然後說：「沒辦法再繼續前進了，那是一個無法阻止的對城寶具，我們越接近中央，生命力就越稀薄，就像裸身在聖母峰的死亡區一樣，多待一秒都不行。」

「我才不管這些！因為死的不是你們親人所以才這麼說！」

玉桂畢竟是男人，用力的掙脫佳奈的束縛，正準備起身朝父親的遺體跑過去，突然被眼前的女人狠狠地賞了一巴掌，藍嵐哭紅了雙眼，悲憤不已的咬著下唇，然後就這樣瞪著玉桂一語不發。

那一下把玉桂打醒了，他擦著鼻血，開始冷靜下來低頭反省自己的衝動，心想著父親朧馬也曾是她的部下，怎麼可能會不傷心難過呢？心裡只想著為父親報仇的憤怒，卻忘了一旁守護自己的大人們，忘了出門前的約定。

「我知道錯了……」玉桂輕輕的說著。

藍嵐上前抱住了他，一邊安撫般的拍了拍他的頭說：「你父親就是算到這一步，才把你託付給我照顧的……別再讓我肝腸寸斷了好嗎？」玉桂點了點頭和他們一同向遠方的朧馬徒手祭拜著，便回到車上。

佳奈開著車，一邊看著後照鏡的玉桂，像是洩了氣的皮球一樣呆坐在後座上不發一語，而副駕駛座上藍嵐，則是不時露出擔心的神情往後座看著，卻不知該說什麼好。

靜默一陣子後，藍嵐像是想起什麼似的，從置物櫃裡拿了一個包裝精美的長盒子，然後遞向玉桂的身邊。

「喏……原本是想等你決定加入審判者聯盟的時候才要送你的東西。」

玉桂看了看，沒有多大興趣收下它。

「收下它吧！裡面是一個讓人引以為傲的禮物。」藍嵐不斷的在玉桂面前搖晃著禮物，這讓玉桂有些煩燥，他不自覺的伸手把禮物拍掉，就這樣看著盒子硬生生的撞向車門，藍嵐反而露出更失望表情回過了頭看著前方擋風玻璃。

咚……

盒子因為撞到車門而破損的掉出一把極為普通的匕首，玉桂不由自主彎腰撿了起來，一直轉動的看著。

「那是我以前一位死去的上司留給我的遺物。」藍嵐依舊沒有回頭，似乎還在為玉桂剛才的不禮貌生氣，「兩儀匕首。那是連神也可以殺掉的刀，不過卻是個雙面刃，它傷不了毫無惡意的人，卻能傷了自己。也就是說對方不是個窮兇惡極的話，那必定受傷的是持刀的人，如果只是一時的衝動，不如作罷了，因為那不是一個長久的路。」

玉桂沒有回應，但是藍嵐的話意他聽懂了，雖然可以選擇復仇，但是到頭來的結果都是兩敗俱傷，不管誰傷了誰，誰殺了誰，最後活下來的人，也是痛苦的。

看著玉桂吐氣的頻率似乎緩和許多，藍嵐知道他已經把這些話聽了進去，只是無法釋懷為什麼不能冒險一下去把父親的屍首帶出來，畢竟曝屍荒野根本是汙辱一個做兒子的尊嚴。

「玉桂……我們已經派專業除魔隊去解除結界了，你父親我們一定會好好安葬的，請放心吧。」藍嵐側身伸手緊緊抓住了玉桂的手心。

突然佳奈一個緊急剎車還來不及剎住時，一個巨大撞擊聲響伴隨著暈眩和衝擊力道，整台車翻了好幾圈才停了下來。玉桂再度睜開眼睛時，眼球上還沾染著血跡，讓他視線感到非常模糊，他抬起手腕擦拭了一會，只看到藍嵐和佳奈被安全帶拉住般的懸在半空中，正確來說車子是翻覆狀態，玉桂虛弱的喊了前座兩人的名字，但是沒有任何反應，不知是死還是活的暈過去，玉桂朝著身旁變形的車門踢了過去，連續踹了好幾腳才將門破壞掉。

當玉桂奮力的爬出車子外，拿了藍嵐剛才給他的匕首朝副駕駛座的車門死命的撬開，然後不斷的朝著車子裡面的大喊著，眼看變形的門和裡面的人都沒有動靜，玉桂只好準備繞到駕駛座去試試看那裡能否打開，但一走到車頭前，他便看到不遠處立了一個非常熟悉的紅色晶體在地上，應該說那是人刻意施法才造成這次突發車禍。

那是章琳的招式……玉桂腦海立刻閃出章琳曾經使用這招式的畫面，那是擅長操控血液的吸血鬼所用的，為什麼會出現在這裡呢？玉桂還沒來得及思考時，口袋的手機響起，他驚嚇了一會然後才伸進口袋掏了出來，上面顯示的名稱是「老爸」兩字……

玉桂眼神瞬間失焦，腦袋一片空白的無意識接了起來。

「哈囉！」那年輕有活力的女性聲音，不是別人，而是章琳。

玉桂聽得到說手機的人在自己身後，他放下手機有些不敢置信回頭看著身後的那個人，那個明明已經被醫生宣判終生癱瘓的女孩，那個明明再也聽不到的魔性嗓音的女孩……竟然就這樣好端端的站在他的面前，玉桂實在無法相信自己的眼睛，他眨了好幾次，確定沒看錯才再度舉起手機在耳邊。

「章琳……嗎？」

「是我。」

「我現在要過去抱妳！」

「別。你來我就會殺你，不過就算你不來，我也會過去的，況且你也有殺我的理由，因為你父親就是我殺的。」

玉桂腦中開始出現嗡嗡的思緒毀滅聲，但是依然想知道真實的想法，所以開口問著：「為什麼！為什麼要這麼做！告訴我！章琳——」玉桂歇斯底里的大吼著。

「沒有為什麼，因為……我本來就是這種女人。有本事就來殺了我吧！不過我也不會手下留情的。」章琳說完便掛上的電話，那是朧馬一直捨不得換的舊式翻蓋手機。

玉桂緊握著手上的匕首，百感交集直直望著眼前的章琳，他不知道自己要用什麼方式去恨她，去把殺父之仇的罪編織在她身上，這一切是誰在搞的鬼吧？為什麼要開這種玩笑……

「妳騙我！」

「我沒騙你！你離開醫院的時候，我反而想通了。」

章琳沒給玉桂太多內心戲的時間，遠遠的一記血鞭已經揮向玉桂身旁的電線桿，瞬間應聲倒地發出巨響，還連帶扯下電線破損發出短路的火線，但那好像是有意放水似的，並沒有直接劈向玉桂身邊。

「拿起你手裡的刀殺過來，我不想對一個毫無反擊能力的人下手。」章琳一邊走了過來，然後將血鞭收了回去。

「我拒絕。」玉桂任性的將匕首扔在地上，然後兩手空空的朝著章琳走過去。

「你是笨蛋嗎？快給我把刀子撿起來！」

「對！我是笨蛋！我沒有理由拿刀對著妳，所以就給我一個痛快吧！」

「是我殺了你父親，這就是你的理由！」

「我不相信那是妳會做的，因為……妳不是那種人。」

「你懂我什麼！」血鞭飛向玉桂的頭上，削掉了他的許多頭髮，結果來說反而慌張的竟然是章琳。

「是我不應該離開妳身邊……」

「現在，別跟我說這些！」章琳的血鞭劃過了玉桂的臉頰，一道清楚的痕跡還流著血。

「如果妳認為說這些話可以讓我減少罪惡感，那妳就儘管說吧！」

「無聊！你不如好好閉嘴讓我折磨到死！」血鞭又劃過了玉桂的胸膛，比剛剛的力道還猛烈，似乎還聽得到他忍不住發出的疼痛聲。

「章琳。我喜歡妳……就算妳一生癱瘓，一生不良於行，我都會照顧妳的……我離開醫院是因為我要跟我父親商量……」

「藉口一堆我不想聽！如果你要這麼窩囊死去的話，我可以成全你！」章琳將血鞭重構為一把長刀外型血刃，然後氣沖沖的朝玉桂位置走去。

玉桂則是攤開了雙手，絲毫不想躲避章琳接下來要對他做的報復行動。

「我這輩子沒打算原諒你，別自為是！」

章琳的刀尖停在玉桂的面前，但是玉桂依然無動於衷，他甚至閉上眼睛等待死亡也不願對章琳下手。章琳沒有發現自己早已經哭成淚人兒，她哽咽的將長刀反轉，然後將刀尖筆直的刺入自己的心臟，深深的陷進肉體裡面，鮮血也浸濕了身上的衣物。

啪——章琳倒在玉桂的跟前，血刃也立刻化為液體染紅了地面。

「章琳——」玉桂蹲下來抱起了她喊著，只見章琳蒼白的臉和嘴唇，微微的睜開眼睛看著玉桂。

「真狡猾，你是知道就算你拿了刀，我也不會對你動手，對吧……」

「就算妳真的動手了，我也會原諒妳的。」

「我終於知道了……」章琳顫抖的手撫摸著剛才傷了玉桂的胸膛，但那裡只剩衣服的裂痕，皮膚已經完全看不出剛才造成的傷口，「原來我漸漸感到無力恢復的原因是這個啊……」

「什麼意思？」

章琳只是笑了笑然後輕輕的搖搖頭代替回答。

「我送妳到醫院——」

「別。什麼也別做，我已經不是一個人類了，而是小靡創造的屍者，因為我接受他的能力活了過來，現在只剩下記憶外，其餘的已經不再屬於自己的身體……也就是說，我早已經『死』了……」章琳的一席話，讓玉桂的身體突然震動了一下，他仍然難以接受這個事實，就算是章琳親口所說的。

「不試試怎麼會知道呢！……這……這是……」玉桂將章琳緊緊抱住，準備起身的時候，他發現章琳手已經變成了乾涸沙子的觸感，不再是細嫩的皮膚，既沒有體溫也沒有，也沒有汗水。

「玉桂……」

09 業火

「啊啊……我在聽著。」

「你不是想知道人偶師在哪裡嗎？」

「現在不重要了，那是小靡想利用我來和你套出人偶師的下落的。」

「就算你不想知道……我還是要告訴你……」

「為什麼？」

「因為……你母親就是我老師，也就是人偶師。」

玉桂無法反應過來，他驚訝的說著小時候問過朧馬母親的事情，卻只知道母親很早就死了，是不是有什麼誤會之類的。

章琳搖頭表示這不是誤會，「你是貨真價實的。人偶師把一個還未活化的人偶寄放在我的紅色行李箱裡，那是將來她有什麼意外時，便會藉由那個人偶甦醒過來，這也是唯一能找到她的機會……嗚……咳……」

玉桂看著章琳快要全身化為沙粒，更加不捨的抱緊她。

「別那麼難過的看著我……或許小靡很快又會把我招喚出來的，所以你要變的更強一些……別讓我殺你殺的那麼容易啊……」

玉桂眼眶滿是淚水，一句話也說不出來，他低頭吻著章琳，將一切的愛意和未說的話訴諸在這個吻上面，直到章琳在他懷中化為一團塵土隨風吹向各地。

✣

啪啪啪啪啪……不遠處聽得到有人為玉桂和章琳可歌可泣的愛情鼓掌，玉桂紅著眼眶朝那坐在貨車上的始作俑者——小靡看去。

他一抹微笑事不關己的模樣惹惱了玉桂，撿起兩儀匕首就衝了過去，胡亂的朝小靡身體揮擊，但是不管角度多麼刁鑽，他都能預測般的躲避攻擊，有點像是戲弄玉桂一樣。

「小靡你這人渣！利用完我後，也把章琳利用殆盡！我會讓你付出代價的！」

小靡瘦弱的身軀不僅靈敏，而且力氣也超乎常理，他硬生生接住玉桂朝他刺來的刀子，然後用膝蓋撞擊玉桂的肚子，玉桂痛苦的叫了一聲往遠方木造的狗屋撞了進去，虛弱的想爬起來，卻因為異常疼痛而感到無法出力，只能抬頭望著越走越近的小靡……

最終章：終焉

「那該死的吸血鬼最後在你耳邊說了些什麼？如果是我想聽的話，我還可以饒你一命喔！」慢慢逼近的小靡，像是恐嚇般的口吻說著。

「我們說了什麼任憑你去想像！不過……確實是提到人偶師的下落，所以你有本事就打到讓我不得不說出來吧！」玉桂擦掉唇邊的血，使盡力氣的站穩腳步。

「是嗎？那我只好折磨到你連求饒的機會也沒有！」

小靡立刻發出凌厲的攻勢，他抬起手腕此時空中無數利刃從天而降，朝著玉桂的位置射了過來，玉桂也只能倉皇的四處逃跑，就連靠近反擊的機會也沒有。

「你認為你一個後裔雜種對上我有勝算？你是不是哪根筋不對勁，玉桂先生。」小靡幾近嘲笑般的口吻說著。

玉桂只能在他身邊迂迴著找尋機會，不斷的前滾側翻，那動作已經不太像是一個正常人類可以發揮的潛能，只是玉桂本人還未察覺而已。

「你這樣真像隻猴子，要不要我給你個殺我的機會？」小靡像是不以為意的口吻張敞開雙手，心裡卻盤算著不如將計就計讓越發敏捷的玉桂自己送上門來。

面對這個絕佳的機會，玉桂沒有多想太多，一手緊握藏身在褲子後方的兩儀匕首衝了上前，準備要給眼前這個設計殺害父親和章琳的仇人致命一擊。

兩人近在幾尺的面對了面，當下就像是時間停止般的永恆，但事實卻是玉桂被凝結在半空中無法動彈，除了面部還有知覺外，其餘的像是被凍結住般。

「玉桂不要跟他對上眼睛！那傢伙的眼球是魔術禮裝！」玉桂後方傳來了藍嵐的叫聲。

「太遲了。」小靡邪惡般的笑容烙印在玉桂的腦海裡。

佳奈將公事包擲向玉桂身邊，想在玉桂受到致命損傷以前展開障壁減輕傷害，但是無數個光箭依舊無情的穿過公事包所展開的結界防護罩，玉桂馬上化為蜂窩般的血塊掉落在地上。

「玉桂——」佳奈聲嘶力竭的喊著，但是已經來不及了。

「佳奈小心！」

藍嵐撲上前將已經把魔術禮裝扔出去保護玉桂的佳奈推了開來，只見一道迅雷不及的射線貫穿了藍嵐的下半身。兩人加速度的滾動了好幾圈，直到佳奈回過神用身體支撐住兩人的衝擊力道，才制止了更嚴重的傷害。

「BOSS……」佳奈吃驚的看著藍嵐的雙腿冒出陣陣的白煙。

「沒事的，只是禮裝被破壞掉而已。」藍嵐拍拍佳奈的頭，要她別自責，然後吃

最終章：終焉

力地用雙手撐起了上半身朝向敵人的方向。

「每一次見到妳都讓我不由得要讚賞妳一次。不過，殘疾人士就該好好在家休養身體，何必出來風吹日曬，是要博取同情嗎？」

「小靡……不是我在說，你真的是一個無可救藥的『戀童癖』，就連遠遠的操作一具屍體都要選擇這種孩童現身於世，不覺得噁心嗎？你這位亡靈魔術師。」藍嵐一臉厭惡的臉說著。

佳奈不僅僅對眼前的敵人只是傀儡感到驚訝，就連私下交鋒多時的兩人，逢面就是如此辛辣的開場白，覺得更加震憾。

「然後呢？你們一心一意想保護的男孩就這麼輕易的被我殺死，完全感受不到審判者聯盟的進步，還好我離開那裡是對的選擇。」

「玉桂那孩子只是還沒有接受過正規訓練，要是早一點遇見他的話，他不僅僅可以當我們的救世主，也不至於被你這種惡劣的魔術師殺死！」佳奈望著倒在血泊中的玉桂而流淚，嘴裡忿忿不平的朝著小靡怒罵著。

「佳奈別說了！」藍嵐阻止了她被小靡單方面挑釁，也怕她步入玉桂的後塵。

「藍嵐妳真的老了，四十歲的妳也真的是不太會看人，也難怪百年一面傾倒的局勢已經被我們魔術師協會拉回來了。當然，玉桂那傢伙有沒有那種能耐我一眼就能看穿，我反而需要的是黏在他身邊的吸血鬼，那位離經叛道的魔術師我還比較感興趣。」

「小靡，如果真的念我們同事一場，是該現身讓我好好看看你現在的真面目吧！」

「真面目？我實在不像妳這個女人這麼會保養，能見面的大概只會是替身而已，我不會上妳的當的，想用魔術禮裝對付我？我不是第一天認識妳了，藍嵐……上司。」

「說的也是，亡靈術法是世代相傳的禁咒，也只有你們那一族的魔術師才會使用，不過那後遺症非常人所能及，我想你現在的身體已經爛光了，所以你才會想方設法的尋找人偶師的下落。」藍嵐將腿上的禮裝殘骸扔到一旁，只露出被截肢後的大腿。

「誠如見說，確實如此。不過既然妳已經知道我的動機，那我也不會留妳們兩個活口，就跟玉桂一樣被我殺死，然後操控在每場戰爭中，死去又接著復活，周而復始的直到你們肯說出人偶師的下落，我或許還能網開一面的讓妳們早點投胎轉世。」

「我不會乖乖坐著給你殺的，我知道能擅用寶具和魔術禮裝的你，是幾乎無敵的，但我這十五年來也不是安然的活著，我要把當時的恥辱、悔恨和憤怒全數的還給你！燃盡一切的火焰！」

藍嵐將結痂的雙腿抬起，她不知何時將自己的下半身裝了一件魔術禮裝掩避世人，為的就是讓敵人意想不到的奇擊。一道深藍色的烈火燒向了小靡身邊，他見狀趕緊跳開閃避，但是卻不知道藍嵐這件魔術禮裝是專門對付他所製作的武器，不管躲到

最終章：終焉

哪，那道火焰都能精準的追蹤到他的位置，而且還不斷擴大成扇型範圍。

眼看躲不過的小靡，頓時轉頭衝向藍嵐身邊，準備來個同歸於盡，畢竟這小孩的身軀只是個容器，這筆交易怎麼看都非常划算。

「別小看人了！」佳奈此時站了出來，手裡解放了魔術禮裝，將障壁展開在他們之間，這讓小靡進退不得的說出「真有你們的」，然後一瞬間淹沒在藍色烈焰之中，只聽得到小靡的身體發出了淒慘的叫聲，接著化為黑色人乾消失在障壁前面。

「……BOSS，我們這樣殺得死小靡嗎？」

「佳奈，妳要記住一件事，物極必反；操控屍體的小靡並不是不會受到損傷，而是視操控體受到的損傷多寡，然後轉嫁給自身。他應該會沉寂一陣子了……」

「那可不一定喔……因為我是真的想殺妳……藍嵐。」

誰也想不到小靡藉由剛才化為灰燼的章琳身軀，降臨在她們倆的身後，半蹲狀態的她全身赤裸著，接著一股邪意般的瞪著藍嵐不放。

「身軀移轉？……看來你的能力的確無人可敵。佳奈，離開這裡，逃的越遠越好！別管我！」藍嵐將手伸進內衣裡取出了打火機，但那也是魔術禮裝之一的裝備，解除開關後，便朝著佳奈方向用力將她推了出去，準備好犧牲自己，讓佳奈能全身而退。

「我不要這樣！」佳奈被一股強勁力道擊飛了一段距離，直到聲音消失在水平線上。

「真是個好上司啊！不過我不會再手下留情了，藍嵐！」小靡驅動了章琳的能力，右手的血刃直直朝著她刺了過去，藍嵐也在那一刻閉上了眼睛等待死亡降臨……

「蒼紅蓮——」

一道血紅閃光劈向了小靡的身邊，他的血刃也硬生生的斷裂化為血霧飄散空氣之中。接著一個熟悉的身影從天而降，落地的時候還摔了一跤，但是仍然不丟剛才英雄救美的臉。

「玉桂！你不是……」藍嵐上前扶起了出洋相的玉桂，一臉吃驚的看著他。

「啊啊……其實我也不太清楚怎麼回事，只是剛才醒來看見你們的打鬥後，才趕了過來。」

「原來如此，難怪會覺得吸血鬼比想像中的還好收拾，結果是因為已經完成繼承了，才這麼不堪一擊。」小靡已經瞭解到剛才為何會覺得玉桂變棘手的原因。

「章琳！」

「她不是章琳，是小靡。所謂操控屍體跟召喚屍體是兩種不一樣的意識型態，一個是不屬於任何靈魂的軀殼，只存在差異化的個體能力；另一種則是以生前的記憶從地獄裡召回靈魂，肉體維持的形態以施術的能力為基準。總之以後遇到那傢伙時，你

最終章：終焉

要分辨的出那是否是你所認識的人，還是偽裝的……」藍嵐拉住了玉桂，然後跟他稍微解釋眼前的人並不是章琳。

「重點是玉桂先生你分的出來嗎？」小靡故意用章琳的身體搔首弄姿的，雙手還不斷在胸前撫摸挑釁。

「人渣……」玉桂立刻衝了上前，不管藍嵐如何阻止。

「真是簡單的生物。」

小靡立刻收起了笑容，單手甩出的血鞭貫穿了玉桂身體，但這次卻沒有任何實感出現，而是一灘血霧幻化在原地，讓小靡無法捕捉到玉桂的身影。直到血池悄悄的流向他的腳邊，玉桂立刻從血的結晶中凝結現身，給了小靡一記沉重的血刃擊飛了他。

「唔……」小靡痛苦的倒在地上打滾著，原本章琳絞好的面貌，時而痛苦的將小靡本人顯現在這個容器上，似乎是真的傷到躲在暗處的小靡。

「你這傢伙似乎是沒見過招式就使不出來，空有一副身體也沒用。」玉桂正要上前繼續展開攻勢的時候。

小靡利用了章琳的聲線，虛弱的喊著：「玉桂不要……我好痛苦……」

看著章琳的身體被狠狠的傷害著，玉桂心如刀割，似乎還在猶豫要不要上前補上致命一擊。

「玉桂！你現在不去把一切解決的話，那女孩的身體會將永遠被他拿去幹盡所有壞事的，那更痛苦的只會是那個女孩，你懂嗎？」藍嵐的一番話將玉桂拉回了所有軟弱的思緒。

他將身上的血散布在空中，那是章琳曾經用過的寶具名稱——「緋紅戰場」，現在一點一滴的從玉桂腦海中不斷湧現出來，也包含了章琳生前的記憶、對老師卡菈和恩人德古拉的相處畫面，一幕幕如跑馬燈般的畫面一閃而過，直到整個世界都染成朱紅色……

「這是德古拉吸血鬼的寶具啊……真是壯觀。」小靡被眼前的景色嚇到了，這像是被人莫名其妙的扔在一個空間裡似的，身上的血液也一點一滴的從皮膚裡滲透了出來，成為了這空間的配色之一。

「難怪當時比利楊不是章琳的對手……」玉桂小聲的讚嘆著，然後轉頭瞪著現在披著章琳外皮的小靡，「在這空間裡血液會不斷的蒸發，然後都只能為我們所用，看來我們要來比誰先變成人乾了！小靡準備好了嗎？」

「有意思！放馬過來吧！」

無數的刀光血影在這空間裡此起彼落的。不知過了多久，藍嵐察覺到半空中的血霧漸漸散去，兩人分別的從高處跌落在地面，毫無動靜的躺著。藍嵐吃力的雙手並用

最終章：終焉

匍匐前進到玉桂身旁，然後將他枕在自己膝上檢查全身的傷勢。

「看來是我贏了……」掉落在另一頭的小靡，雙腳微微顫抖的站了起來。

「我也沒說過我不行了。」玉桂手搭在藍嵐的肩上，勉強的站起了身。

「不要逞強了……」藍嵐小聲的說著，但是玉桂只是要她安心的搖搖頭。

「看來你們末路走到盡頭了。」小靡剛說完，就有個人影從廢墟中的矮牆走了出來，那正是跟在他一旁戴著奇怪面具的保鑣。

「你……你這傢伙把比利楊和慧香怎麼了……」玉桂想上前狠揍對方，但是瞬間失力般的倒了下來，好在藍嵐身手矯健的接住了他。

「他出現不就是最好的解釋？該準備一起下地獄去陪他們了，是吧？唔……」正當小靡與高采烈慶功的時候，反而被他的保鑣架住了身體。

「你這混蛋做什麼！」

「玉桂還不快給我了結他！」一個熟悉的聲音從面具下傳了出來。

玉桂立刻意會到眼前的這個舉動，衝上前準備將最後的力氣用盡。

「快給我放手！我是章琳啊！」

「別用那吸血鬼的表情看著我，那傢伙才不會這麼地柔弱向我求繞，不然她早就是一位好女人了！」面具滑落了下來，比利楊帶著重傷面容出現在眾人面前。

「是你這狼人？拜託放手！放手……放……騙你的！你們上當了！」小靡將原本喊在口中的血，用力的朝玉桂吐了出去，在身後的比利楊想勒緊他的脖子，但是血水快如子彈般射向玉桂心臟。

玉桂一個側身扭動，只見瞬間一隻斷臂飛舞在半空中，玉桂依然面不改色的朝著小靡身邊挨近著，「小靡——」

伴隨著玉桂的怒吼，他將藍嵐給他的兩儀匕首亮了出來，一個迴旋轉身筆直的朝著小靡的心臟插了進去，然後小靡像是靈魂要出竅似的，震動的頻率和影子相互重疊著。

「唔……我會……再回來找你們的……給我記住了……」話一說完，小靡便吐了一地的血，然後意識漸漸消失回到遙遠的身體，而章琳的身軀又再度化為灰燼，吹向玉桂的臉上。

「章琳……這樣就結束了……」玉桂說完也精疲力盡的倒在地上。

✣

玉桂不發一語的將一束花放在墓前，那是父親朧馬埋葬的地方。胸前的十字架隨著他的祭拜滑落了出來，那裡面注入了章琳生前的灰燼，似乎成為了玉桂隨身不離的護身符。

他深深鞠了躬，然後回頭看著推著輪椅的佳奈和坐在輪椅上的藍嵐說：「我決定加入審判者聯盟，但我唯一目的，就是要結束魔術師和審判者的千年戰鬥。」

「很像你的作風。我會將你提報給聯盟的，不過這段感言就留在你我心中就好，但我相信有朝一日你會實現這個諾言。」藍嵐閉上眼細細品嚐著玉桂這狂妄的發言。

「那以後我們可就是敵人了，請手下留情啊！新上任的審判者。」坐在一旁生鏽鐵椅上打著哈欠的比利楊，似乎是調侃的語氣說著：「對了……這個東西你一直帶著，不會是你的盥洗衣物吧？這顏色也太娘炮了！」

比利楊指的身旁的紅色大行李箱說著。

「章琳說過，那曾是她的老師所留下的一具無生命的容器，如果要找到她人的話，只要把這只皮箱留在這邊，總有一天就會見到她。」

「見到她？」佳奈側著臉龐插話著，似乎是在想玉桂所指的是哪位。

「大家所要尋找的人偶師。也就是我的母親……」

那一刻，皮箱徑自動了起來。那不是結束，反而就像是未完待續的篇章繼續填寫著。

～END～

培育文化 奇幻魔法 25

魔術師們的繼承者

作者　翁敏貴
責任編輯　林秀如
美術編輯　林鈺恆
封面設計　EMO

出版者　培育文化事業有限公司
信箱　yungjiuh@ms45.hinet.net
地址　新北市汐止區大同路3段194號9樓之1
電話　（02）8647-3663
傳真　（02）8674-3660
劃撥帳號　18669219
CVS代理　美璟文化有限公司
TEL／(02)27239968
FAX／(02)27239668

總經銷：永續圖書有限公司
永續圖書線上購物網
www.foreverbooks.com.tw

法律顧問　方圓法律事務所　涂成樞律師
出版日期　2018年12月

國家圖書館出版品預行編目資料

魔術師們的繼承者 / 翁敏貴著. -- 初版.
-- 新北市 : 培育文化, 民107.12
面 ; 公分. -- (奇幻魔法 ; 25)
ISBN 978-986-96976-2-0(平裝)

857.7　107017812

※為保障您的權益，每一項資料請務必確實填寫，謝謝！

姓名		性別	□男　□女
生日	年　月　日	年齡	
住宅地址	郵遞區號□□□		
行動電話		E-mail	

學歷

□國小　□國中　□高中、高職　□專科、大學以上　□其他______

職業

□學生　□軍　□公　□教　□工　□商　□金融業

□資訊業　□服務業　□傳播業　□出版業　□自由業　□其他______

謝謝您購買 **魔術師們的繼承者** 與我們一起分享讀完本書後的心得。務必留下您的基本資料及電子信箱，使用我們準備的免郵回函寄回，我們每月將抽出一百名回函讀者，寄出精美禮物以及享有生日當月購書優惠！想知道更多更即時的消息，歡迎加入“永續圖書粉絲團”

您也可以使用以下傳真電話或是掃描圖檔寄回本公司電子信箱，謝謝！

傳真電話：（02）8647-3660　電子信箱：yungjiuh@ms45.hinet.net

●請針對下列各項目為本書打分數，由高至低5～1分。

項目	5	4	3	2	1	項目	5	4	3	2	1
1.內容題材	□	□	□	□	□	2.編排設計	□	□	□	□	□
3.封面設計	□	□	□	□	□	4.文字品質	□	□	□	□	□
5.圖片品質	□	□	□	□	□	6.裝訂印刷	□	□	□	□	□

●您購買此書的地點及店名______

●您為何會購買本書？

□被文案吸引　□喜歡封面設計　□親友推薦　□喜歡作者

□網站介紹　□其他______

●您認為什麼因素會影響您購買書籍的慾望？

□價格，並且合理定價是______　□內容文字有足夠吸引力

□作者的知名度　□是否為暢銷書籍　□封面設計、插、漫畫

●請寫下您對編輯部的期望及建議：

221-03
新北市汐止區大同路三段194號9樓之1

傳真電話：（02）8647-3660
E-mail：yungjiuh@ms45.hinet.net

廣 告 回 信
基隆郵局登記證
基隆廣字第200132號

培育
文化事業有限公司

讀者專用回函

魔術師們的繼承者

培養文化育智心靈的好選擇